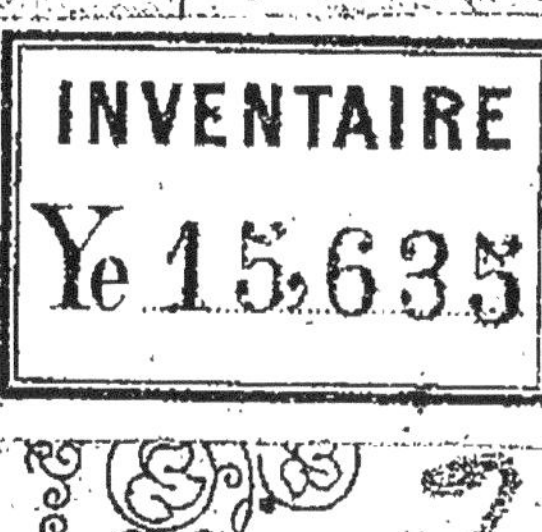

LE GRAND JARDIN D'AMOUR,

OU

LES FLEURS DU SENTIMENT.

LE GRAND
Jardin d'Amour,

PUBLIÉ PAR BLISMON.

On trouve chez les mêmes libraires, les ouvrages dont les titres sont ci-après, et qui peuvent être considérés comme la suite ou le complément de celui-ci.

LE PORTE-FEUILLE DES AMANTS, OU LE CARQUOIS EPISTOLAIRE DE L'AMOUR, à l'usage des deux sexes, par *Ursini*, in-18. » 60

LE NOUVEAU SECRÉTAIRE DES AMANTS, par *Cuisin*, in-18. 1 20

L'ART DE PLAIRE OU DE FAIRE NAITRE L'AMOUR DANS LE COEUR DES FEMMES, in-18 » 60

On y trouve aussi :

LETTRES ET EPITRES AMOUREUSES D'HÉLOÏSE ET D'ABEILARD, 2 vol. in-18. 1 »

L'ART DE FAIRE L'AMOUR, OU LA PENDULE DE L'AMANT, in-18. » 60

Cet ouvrage dont le style n'est pas du goût de certaines personnes, renferme néanmoins beaucoup de pensées et de conseils dont les amoureux pourront tirer un grand avantage.

LE GRAND

JARDIN D'AMOUR

OU

LES FLEURS DU SENTIMENT,

RECUEIL

DE COMPLIMENTS ET BOUQUETS

EN VERS,

Pour le jour de l'an, les fêtes patronnales, les nôces, et pour toutes les circonstances où le cœur est intéressé.

Publié par BLISMON.

A PARIS,

Chez DELARUE, Libraire, Quai des Augustins, 11;
Et à Lille, chez BLOCQUEL-CASTIAUX.

1842

Avis de l'Editeur.

Presque toutes les poésies que ce volume renferme peuvent être présentées à des personnes de différents noms. Par exemple, lorsque le nom ne termine pas un vers pour rimer avec un autre vers, on peut le remplacer par un autre nom composé du même nombre de syllabes ; ainsi dans ce cas, on peut substituer *Clotilde* à *Romaine*, *Adèle* à *Arsène*, *Valérie* à *Pulchérie*, etc, etc.

Si le nom termine un vers, on peut le remplacer par un autre ayant autant de syllabes, de même rime, et commençant par une consonne ou par une voyelle, suivant que le nom à remplacer commence par une de ces deux sortes de lettres. Ainsi *Amélie* peut remplacer *Eulalie*, et *Pauline* peut remplacer *Justine.*

Ceux qui connaissent les règles de la poésie, pourront augmenter facilement le nombre des moyens à employer pour substituer convenablement un nom à un autre nom dans une pièce de vers du genre de celles contenues dans ce volume

Cependant, il convient de faire remarquer que certaines pièces ne peuvent admettre d'autres noms que celui pour lequel elles sont faites; telles sont celles des pages 8, 12, 19, 20, etc, etc.

LILLE. — TYP. DE BLOCQUEL-CASTIAUX.

LE GRAND

JARDIN D'AMOUR,

OU

LES FLEURS DU SENTIMENT.

VERS SUR DIVERS SUJETS.

A une Demoiselle en lui envoyant un chat.

Belle Eglé (1), vous aimez les Chats;
On les accuse d'être ingrats.
Avec beaucoup d'esprit ils ont l'humeur légère :
Mais des gens avec qui l'on vit
L'on prend beaucoup, à ce qu'on dit.
Aimable Eglé, s'il peut vous plaire,
Le Chat auprès de vous gardera son esprit
Et changera son caractère.

A une Belle qui se parait.

Crois-moi charmante Eglé, que jamais ta figure
Ne brille à nos regards d'un éclat emprunté!

---

(1) Le nom d'*Eglé* peut être ici, changé en tout autre nom de deux syllabes, et commençant par une voyelle.

La négligence est la parure
Qui sied le mieux à la beauté.

A une Demoiselle qui effeuillait une rose.

Air du Vaudeville de l'*Avare et de son amie*.

De cette rose si jolie,
Ah! n'abrégez pas le destin,
Votre belle main l'a cueillie,
Laissez-là briller un matin.
Si votre cœur inexorable
N'est point sensible à l'amitié,
Ecoutez au moins la pitié
Qu'on doit toujours à son semblable.

A une Dame, en lui envoyant une Pomme avec ces mots : *A la plus Belle*.

De la beauté cette pomme est le prix ;
Vénus l'obtint, vous l'obtiendrez comme elle ;
Je suis juste comme Pâris,
Comme Vénus vous êtes belle.

A une jolie Quêteuse.

De l'indigent vos traits vainqueurs
Seront la plus sûre ressource,
Si vous pouvez avoir la bourse
De ceux dont vous avez les cœurs.

La Pomme.

Air : *de tous les Capucins du monde.*

De vous j'eusse reçu la pomme,
Si j'eusse été le premier homme
Tant vous avez de droits sur moi!
Si par une autre destinée,
De Pâris j'avais eu l'emploi,
Cloris (1), je vous l'aurais donnée.

Jadis, deux autres immortelles,
Plus que Vénus se croyant belles,
De l'avoir osaient se flatter;
Mais de votre sexe personne
N'ose ici vous la disputer,
Et tout le nôtre vous la donne.

A Zélie.

Air : *Le jeune berger qui m'engage*

Du Dieu qui fait que l'on soupire,
Cessez d'appréhender les feux;
Zélie (2), on a tort de vous dire
Qu'il rend tous les cœurs malheureux.
On peut à ses ardeurs divines
Céder sans de fâcheux retours :

---

(1) Le nom de *Cloris* peut être changé en tout autre de deux syllabes.

(2) Le nom de *Zélie* peut être changé en tout autre de deux syllabes, ou de trois si la dernière était muette comme dans *Hortense*.

Quoique la rose ait ses épines,
On ne s'y pique pas toujours.

A Félicité.

Air : *Un page aimait la jeune Adèle.*

D'une aimable et jeune bergère
Qu'il est doux de charmer le cœur,
L'aimer toujours, toujours lui plaire,
C'est là le suprême bonheur.
Quel plaisir de voir la follette
Dansant avec légéreté !...
Mais voilà ma muse indiscrète
Qui vous peint ma *Félicité.*

Le guerrier avide de gloire,
Dans les combats brave la mort;
Le buveur dit : J'aime mieux boire;
L'avare couve son trésor;
De sa brunette ou de sa blonde
L'amant célèbre la beauté;
Et moi je dis : rien dans le monde
N'égale ma *Félicité.*

Que sur une frêle machine,
L'intrépide navigateur
Vole au Pérou, vole à la Chine,
Afin de trouver le bonheur;
Toujours errant, il perd la trace
Du plaisir de la volupté :
Et moi sans quitter cette place,
Je trouve ma *Félicité.*

Si les dieux, m'offrant l'ambroisie,
M'élevaient au trône des cieux,

Loin de ma maîtresse chérie :
Non, laissez, dirais-je aux dieux :
Par l'éclat, la magnificence,
Mon cœur ne fut jamais flatté,
Ah! reprenez votre puissance,
Laissez-moi ma *Félicité*.

A une jolie dame qui prétendait que perdre la mémoire et perdre la raison était la même chose.

Air *de Joconde*.

En dépit de votre argument,
Je soutiens le contraire.
Un baiser pourrait franchement
Eclaircir ce mystère.
Si vous m'accordiez un tel don,
Philis daignez m'en croire,
Je perdrais bientôt la raison,
Mais non pas la mémoire.

A Gabrielle.

Air *connu*

Gabrielle (1)
Est plus belle
Que l'aurore d'un beau jour;

---

(1) On peut substituer au nom de Gabrielle, un de ceux de quatre syllabes pouvant rimer avec *elle*, comme *Isabelle*, etc.

Elle efface
Par sa grâce
Toutes les dames de la cour.
Sans richesse,
Sans noblesse,
Au riche, au noble elle plait;
C'est la rose
Fraîche éclose,
Qu'un roi même cueillerait.
Sa prunelle
Etincelle
De tous les feux du plaisir.
Simple et sage,
Son langage
Interdit jusqu'au désir.
Que la belle
Gabrielle
Ait ma fortune et mon cœur,
Et cet ange
En échange
Me donnera le bonheur.

A une jolie Femme dont on ignorait le nom.

AIR : *Bouton de rose.*

Je nomme rose
Celle qui trouble ma raison :
Si le mot doit peindre la chose,
Elle a droit à ce joli nom,
Comme une rose.

Comme une rose,
Depuis qu'elle a su m'attirer,
Le cœur me bat sans nulle pause;
Je brûle de la respirer
Comme une rose.

Comme une rose,
Elle énivre sans y penser;
Et le sentiment qu'elle cause,
N'est point de ceux qu'on voit passer
Comme une rose.

A Mademoiselle Sainte-Ange.

J'entends toujours parler des Anges
Et célébrer ces purs esprits
Qui de Dieu chantent les louanges
Dans les splendeurs du paradis :
Avant de prétendre à la gloire
D'aller m'asseoir à côté d'eux,
Je veux vivre dans la mémoire
De l'Ange que j'ai sous les yeux.
Digne de la céleste vie;
S'il existe un être parfait,
Mon aimable et sensible amie,
Comme toi, sans doute, il est fait!
Toujours bienfaisant et sensible,
Il pense, il agit comme toi:
On dit qu'un Ange est invisible,
Je n'en crois rien quand je te vois.

A une très-jolie Femme qui avait embrassé l'auteur.

Air *du serin qui te fait envie.*

Je vous aimai dès votre enfance,
Mais il est temps de fuir vos coups :
J'ai bien senti mon imprudence,
En goûtant un plaisir si doux
D'un seul baiser mon cœur frissonne;

Et c'est trop tard qu'il s'aperçoit
Que c'est l'amitié qui le donne,
Quand c'est l'amour qui le reçoit.

A une Marie.

Air : *Adieu, je vous fuis, bois charmants.*

Jupiter, auprès de Léda,
En cygne se métamorphose,
Et, grâce à ce changement-là,
A ses désirs rien ne s'oppose.
Marie eut autant de bonheur ;
Car formant un dessein étrange ;
L'Amour pour vaincre sa froideur,
Prit soudain la forme d'un Ange.

Marie était jeune, et son cœur
Fit pourtant quelque résistance ;
Mais l'Amour sut en sa faveur
Adroitement tourner la chance.
De sa robe il froisse les plis,
Son joli corset se dérange ;
On peut entrer en Paradis
Lorsqu'on a la forme d'un Ange.

Pleine de grâces, de fraîcheur,
Plus belle que n'était Marie,
Chacun voudrait pour son bonheur,
Auprès de vous passer sa vie.
En proie au plus doux sentiment,
Et sans craindre que l'on en change,
Croyez que pour faire l'enfant
Chacun s'y prendrait comme un Ange.

A Eglé.

Air : *Depuis que j'ai vu Nanette.*

L'amour ayant pris la lyre,
Dit aux Muses l'autre jour :
« Je me sens dans le délire,
Je veux chanter à mon tour. »
Vénus crut voir le mystère ;
Et dit à l'enfant ailé :
« Tu vas donc chanter ta mère » ?
— « Non, maman, c'est mon Eglé. »

Aux accords qu'il fait entendre,
A leur mouvement léger,
On croit voir sur l'herbe tendre
Une nymphe voltiger.
« C'est sur moi, dit Terpsichore,
Que ce portrait est moulé. »
— « Non, répond l'amour, encore,
Cette nymphe est mon Eglé. »

Bientôt sa voix ravissante
Célèbre un talent nouveau :
On voit la rose naissante
S'animer sous le pinceau.
La Muse de la peinture
Dit : Rien n'a mieux ressemblé ;
C'est mon art d'après nature.
— « Non, c'est l'art de mon Eglé. »

Il peint la Sagesse unie
Aux grâces de l'enjoûment,
Et tous les dons du génie.
Joints à ceux du sentiment.
« Ah! c'est Minerve qui chante :
Le secret m'est révélé. »
— « Non, Minerve est moins touchante,
Et c'est toujours mon Eglé. »

Alors Vénus en colère
« Ingrat ! c'est toi qui te plais,
Pour faire oublier ta mère,
A rassembler tant d'attraits.
Pour lui donner sur mes charmes
Un triomphe plus parfait,
Va mettre à ses pieds tes armes. »
— « Maman, je l'ai déjà fait. »

A une Rose.

Air : *Bouton de Rose.*

Le nom de Rose
A juste droit te fut donné :
L'Amour, qui prévoit toute chose,
En naissant t'avait destiné
Le nom de Rose.

Partout des roses
Sur tes pas fixent le plaisir ;
Il en est qui sont lettres closes ;
Mais je vois des yeux du désir
Partout des roses.

C'est une rose
Qui sur ton sein s'épanouit ;
Lorsque ta bouche à demi-close
Avec finesse nous sourit,
C'est une rose.

Bouton de rose
Se débat sous le clair linon ;
Si ton sein jamais ne repose,
C'est que tu retiens en prison
Bouton de rose.

C'est une rose
Dont Flore se pare au printemps;
Si dans ses bras Zéphir repose,
Quel charme a fixé l'inconstant?
C'est une rose.

Parfum de rose
S'exhale et vient nous effleurer.
Heureux l'Amour, si l'Amour ose
Presser ta bouche et respirer
Parfum de rose!

A une Dame qui demandait un couplet.

AIR : *Ah! pour l'Amant le plus discret.*

L'esprit ne fait pas ses couplets
Comme la beauté ses conquêtes;
D'un coup-d'œil vous tournez les têtes,
Petits vers se font à grands frais.
Avec moins d'art ils pourraient plaire;
Mais il faudrait vous emprunter,
Et vos grâces pour les chanter,
Et votre talent pour les faire.

Impromptu à une Dame, qui, dans un bal, sortait déguisée en marchande de plaisir et d'oubli.

Lorsque sous ce masque joli,
Belle Eglé (1), tu viens me séduire,

---

[1] Voyez la note page 5.

Donne-moi donc pour finir mon martyre,
Ou du plaisir, ou de l'oubli.

A une jolie Femme en lui envoyant l'*Art d'aimer*.

Air du *Prévôt des Marchands*.

N'en déplaise au gentil Bernard,
Aimer ne fut jamais un art :
Mais pour qui porte un cœur bien tendre
Et voit vos dangereux appas,
Le grand art qu'il faudrait apprendre
Serait celui de n'aimer pas.

A une Demoiselle en lui envoyant une paire de ciseaux.

Air : *Ce fut par la faute du sort.*

On dit ce cadeau dangereux
Pour l'amitié, pour la tendresse;
Mais peut-il n'être pas heureux
Quand c'est à toi qu'amour l'adresse ?
Tu reçois, d'un souris flatteur,
Ce don plus galant que superbe;
Tes grâces, ton âge, et mon cœur,
Feront bien mentir le proverbe.

Non, l'amour ne craint de ciseaux
Que ceux dont la parque funèbre
Tranche nos jours qu'il rend si beaux;
Mais à quinze ans c'est de l'algèbre.
A cet âge heureux, si touchant,

Où tes appas viennent d'éclore,
Peut-on s'occuper du couchant,
Lorsqu'on est si près de l'aurore?

« Pour couper une aîle à l'amour
De ce don tu dois faire usage »,
Te dirait quelqu'autre en ce jour;
Mais ce conseil est un outrage:
Car si l'Amour est inconstant
Que pour préférer la plus belle:
Dire qu'il t'a vue un instant,
C'est prouver qu'il sera fidèle.

A une Dame qui demandait des vers sur la constance.

On ressent près de toi des ardeurs immortelles;
Oui, près de toi, fixé par tes appas,
L'amour malheureux n'a point d'aile;
L'amour heureux ne s'en sert pas.

A une Dame qui regrettait de n'avoir plus quinze ans.

Air: *En revenant de la ville.*

Oui, quinze ans, c'est un bel âge,
De nos jours c'est le printemps:
Mais souvent plus d'un nuage
En attriste les instants.

Hortense (1), il est à votre âge
Plus de beaux jours qu'à quinze ans.

En vains désirs à cet âge,
On perd les plus doux moments.
Sans cesse on poursuit l'image
Des plaisirs encore absents.
Hortense, on vit à votre âge,
On se tourmente à quinze ans.

Voyez Thémire à cet âge;
Ce qu'elle a d'attraits naissants
N'est qu'un aimable présage
Qu'ils viendront avec le temps ...
Hortense, on tient à votre âge
Ce qu'on promet à quinze ans.

On est novice à cet âge;
On est dupe d'un amant;
Le cœur bonnement s'engage
Et croit à l'amour constant :
Hortense, on rit à votre âge
Des préjugés de quinze ans.

Ah! connaisez mieux votre âge,
Faites-vous des jours charmants :
Plaire est votre vrai partage,
Et le doit être longtemps.
Vous plaisez.... qu'importe l'âge!
Qu'a-on de plus à quinze ans?

[1] Le nom d'*Hortense* peut se changer en un autre nom de trois syllabes dont la dernière sera muette comme *Pauline*, *Adèle*, etc.

A Victoire, en lui donnant un laurier rose.

AIR : *Avec vous sous le même toit.*

Par sa franchise et sa candeur,
A tous ses amis être chère
Réunir tous les dons du cœur
A ceux de l'esprit fait pour plaire :
Aimable sans prétention,
A la bonté borner sa gloire....
Si c'est là ton ambition,
L'amitié peut chanter Victoire.

Ce ne fut point aveuglément
Qu'à l'époque de ta naissance,
De Victoire le nom charmant
Te fut donné de préférence.
Celui qui le choisit exprès,
En le tirant de sa mémoire,
Prévit que tu remporterais
Sur les cœurs plus d'une victoire.

Pour la victoire, le guerrier
Franchit les plus hautes murailles;
Pour une branche de laurier,
Il s'expose dans les batailles.
Laissons-le cueillir sans pitié
Ce laurier que le sang arrose,
Et réservons pour l'amitié
Une feuille de laurier-rose.

A une amie, en lui offrant un œillet.

AIR : *C'est à mon maître en l'art de plaire.*

Pour mieux fleurir celle que j'aime,
Je voulais former un bouquet;

Mais mon embarras est extrême,
En ne rencontrant qu'un œillet,
Je sais qu'il faudrait bien des choses
Pour que ce bouquet fuf complet;
Mais tu peux y joindre des roses
En le plaçant dans ton corset.

A une Dame nommée Olive.

Air : *De la croisée.*

Rien ne plaît à l'œil enchanté
Comme une belle, au teint de rose
Dès qu'on veut peindre la beauté,
En rose on la métamorphose
La rose est la reine des fleurs;
C'est la plus fraîche et la plus vive;
Mais je la trouve sans couleurs
Auprès du teint d'Olive.

Ah! si d'Olives comme toi,
L'Eternel eut peuplé la terre,
Le Sauveur n'eut pas, sur ma foi,
Si fort redouté le Calvaire;
Loin d'y chanter, avec douleur,
Des hymnes tristes et plaintives,
Il aurait trouvé le bonheur
Au jardin des Olives. *bis.*

A une Dame en lui envoyant un rosier.

Air : *Te bien aimer, ô ma chère Zélie.*

Simple cadeau d'une fleur fraîche éclose,
Peut embellir le plus joli boudoir;

A la beauté présenter une rose,
C'est à Vénus présenter un miroir.

A une dame en lui envoyant un paquet dont on s'était chargé pour elle.

Un enfant ce matin me remit ce paquet :
« Il est destiné, pour ma mère. »
Me dit-il ; à mes yeux soudain il disparaît.
Je rêvais alors solitaire,
Sous le berceau riant d'un bosquet ombragé,
L'adresse était : *à la plus belle.*
A rendre exactement ce dont on m'a chargé,
Vous voyez que je suis fidèle.

Impromptu à une dame qui donnait des conseils contre l'Amour.

Votre leçon sans doute est bonne :
Mais à quoi sert de l'écouter ;
Il faudrait pour en profiter,
Ne pas voir celle qui la donne.

A une Dame qui se mirait dans une fontaine.

AIR : *de tous les capucins du monde.*

Voulez-vous imiter Narcisse
Dans son amour, dans son supplice,

De soi-même insensé rival ?
Doris, si telle est votre envie,
Accordez-moi l'original,
Et je vous céde la copie.

A une dame qui avait envoyé à l'auteur un baiser dans une lettre.

Air : *Femmes voulez-vous éprouver.*

Vous m'envoyez sur le papier
Un baiser qui bien peu me touche ;
Baiser qui vient par le courrier,
Pourrait-il chatouiller ma bouche !
Votre chimérique faveur
Me laisse froid comme le marbre ;
Et ce fruit n'a point de saveur
Quand il n'est pas cueilli sur l'arbre.

A une Demoiselle en lui offrant un cœur de sucre le jour de l'an.

Air *du vaudeville des visitandines.*

Des cœurs vous êtes souveraine,
De tous votre empire est chéri,
Mon cœur eût été votre étrenne,
Si vous ne me l'eussiez ravi :
Ne pouvant vous en faire hommage,
Puisqu'il n'est plus en mon pouvoir ;
Daignez du moins en recevoir,
Dans ce jour une douce image.

A une Amie.

Je dédaigne aujourd'hui l'usage
De tous ces pompeux compliments ;
Ces travers et ce faux langage,
Je l'abandonne aux froids amants,
Je ne fais pas vain étalage
De ce que je ressens pour toi ;
On peut bien t'aimer, mais je gage
Qu'on ne le peut autant que moi.

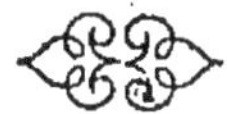

A Claire, le jour de l'an.

Air *du pas redoublé.*

Claire (1), vous savez des Amours
Fixer l'essaim volage ;
Des Grâces on parle toujours,
Vous plaisez davantage.
Talents, vertus, plaisirs, bonheur,
Tout chez vous nous ramène ;
Et j'en sais qui, de votre cœur,
Voudraient avoir l'étrenne.

A une Dame, en lui donnant une orange, le premier jour de l'an.

Pâris, par un ordre divin,
Donna jadis la pomme à la plus belle ;

---

(1) Le nom de *Claire* peut être remplacé par tout autre nom de deux syllabes.

A ce titre, aujourd'hui, vous l'auriez de sa main :
Je vous la donne, moi, comme à la plus fidelle.

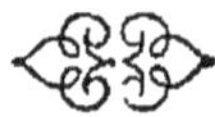

A Eglé, le jour de l'an.

Air : *Je suis Lindor, etc.*

Le jour de l'an, on peut dire qu'on aime :
J'use envers vous de ce droit plein d'appas,
Les autres jours, si je ne le dis pas,
Charmante Eglé (1), je le pense de même.

A une Euphrosine.

Air. *Permets-moi d'attendre à demain.*

Aussitôt qu'un an se termine,
Mille vœux naissent tour-à-tour :
Pour t'en faire un, mon Euphrosine (2),
Qu'ai-je besoin de ce grand jour ?
Pour te souhaiter douce vie,
Plaisir sans fin, parfait bonheur.
Ah ! c'est toujours, ma tendre amie,
Le premier de l an pour mon cœur.

---

(1) Voir la note page 5.

[2] On peut changer le nom d'*Euphrosine*, en une infinité d'autres noms, comme *Honorine*, *Ambroisine*, *Augustine*, *Omérine*, ou en remplaçant le mot *mon* par celui *ma* pour *Célestine*, *Philippine*, *Robertine*, *Victorine*, *Zéphirine*, *Marceline*, *Catherine*, etc.

Etrennes économiques.

Air : *Daignez m'épargner le reste.*

Par des étrennes, par des vœux,
Puisqu'on doit commencer l'année,
Mes vœux sont de voir des heureux
En amour comme en hymenée;
Puisse votre santé fleurir
Sans limonade et sans rhubarbe.
Aux étrennes pour en venir,
Je n'en ai qu'une à vous offrir.
C'est l'étrenne.... de ma barbe.

Couplets chantés à de nouveaux mariés.

Air : *L'art à l'Amour est favorable.*

Ce jour marqué par la tendresse,
Pour nos cœurs est le plus beau jour;
Buvons, et célébrons sans cesse
L'Amitié, Bacchus et l'Amour.
Que l'heureux délire
Que leur charme inspire,
Ramène souvent ces instants;
Qu'ils sont charmants!

Dans les mamans tout intéresse;
Leur commerce a mille douceurs;
Elles inspirent l'allégresse,
Leurs bontés charment tous les cœurs.
Couvrant de leurs ailes
Ces époux fidèles,
Ce que leur tendresse en attend,
C'est un enfant.

Chantons les nœuds qui les rassemblent,

Chantons l'hymen et ses plaisirs ;
Qu'aux papas les époux ressemblent,
Ils combleront tous nos désirs.
Au sein du bel âge,
Dans leur doux ménage,
Ce qu'on leur demande à présent,
C'est un enfant.

Epithalame.

Air : *Je l'ai planté, je l'ai vu naître.*

Descends du ciel, doux Hyménée,
Descends, escorté par l'Amour,
Et d'une chaîne fortunée
Viens serrer les nœuds en ce jour.

A la vierge la plus sévère
L'Hymen offre enfin des appas.
Heureux, quand son aimable frère
A daigné marcher sur ses pas !

Tous deux, pour séduire Julie,
Ont fait un accord en ce jour :
L'Hymen dit : « Plus de jalousie. »
« Plus d'inconstance », dit l'Amour.

Tout aussi fraîche que la rose
Que Flore fait naître au matin,
Julie est timide, elle n'ose
A son époux donner la main.

Bientôt cédant à sa tendresse,
Julie éprouve le désir ;
Déjà, sous sa main qui la presse,
Son cœur palpite de plaisir.

Mais l'Hymen aime le mystère.
Les soupirs, le timide aveu,
Nous avertisseu' de nous taire ;
C'est l'heure du silence... Adieu !

Adieu !.... Du feu qui vous dévore !
Il est temps d'appaiser l'ardeur :
Et puisse la riante Aurore
Vous surprendre au sein du bonheur !

A deux Epoux le jour de leur mariage.

Le dieu d'amour, le dieu d'hymen
Sont rarement unis ensemble ;
Mais aujourd'hui votre lien
Les réunit et les rassemble :
Que toujours fixés parmi vous,
L'amour embellisse vos chaînes,
Le bon accord de deux époux
Change en plaislr toutes les peines.

Jouissez longtemps des douceurs
Que vous promet cette hymenée ;
Que les plaisirs sèment de fleurs
Une chaîne si fortunée.
Mais de peur que de ces douceurs
Notre souvenir ne s'efface,
Pour vos amis dans vos deux cœurs
Gardez toujours un peu de place.

Le lendemain des Noces.

Air : *Eh ! Gai, gai, gai, mon officier.*

Eh ! gai, gai, gai, ne craignez rien ;
Gentilles

Jeune filles,
Eh! gai, gai, gai, ne craignez rien,
Suzon se trouve bien.
Quand vos quinze ans arrivent,
Vous soupirez tout bas;
Mais si les jours se suivent,
Ils n'se ressemblent pas.
Eh! gai, gai, gai, etc.

Hier, au gré de ma flamme,
Avec elle ou me fiança;
Hier, ell' devint ma femme.
Je vais vous conter ça.
Eh! gai, gai, gai, etc.

On dina sous l'ombrage;
Et j' disais, à part moi:
« C'est un bien bel usage
D'rentrer chacun chez soi! »
Eh! gai, gai gai, etc.

Tout l' village à l'envie,
But à notre santé;
J' répliquai que d' ma vie
Je n' m'étais mieux porté.
Eh! gai, gai, gai, etc.

Lubin eut la jarr'tière;
Mais j'étais bien certain
Que j' s'rais, dans ma chaumière,
Plus adroit que Lubin.
Eh! gai, gai, gai, etc.

Au sortir de la danse,
L'amour et l'Amitié
M'amenèrent en cadence
Ma naïve moitié.
Eh! gai, gai, gai, etc.

J'étais content d' la fête

Qui v'nait de se passer ;
L'autre était toute prête ,
J' brûlais d' la commencer.
Eh ! gai, gai, gai, etc.

La mère , qui sait vivre ,
Doucement s'en alla ;
Suzon voulait la suivre ;
Mais l'amour était là.
Eh ! gai, gai, gai, etc.

Suzon s'voit sans défense ;
Jugez d' son embarras.
Sa timide innocence
Vient s' cacher dans mes bras.
Eh ! gai, gai, gai, etc.

Son blanc fichu s'entr'ouvre :
La rose est sous ma main ;
A m'sur' qu'on en découvre ,
On fait un joli ch'min.
Eh ! gai, gai, gai, etc.

P'tit à p'tit moins honteuse ,
Suzon croit d' me r'buter ;
Puis elle d'vient curieuse ,
Preuv' qu'elle veut profiter.
Eh ! gai, gai, gai, etc.

Tandis que Suzon s'rassure ,
Voilà qu' sans l' fair' exprès ,
I ' n'lui reste d' parure
Quasi. . que ses attraits.
Eh ! gai, gai, gai, etc.

Nous étions sans lumière ;
Suzon v'nait d'la souffler ;
Mais quand l' désir éclaire ,
On trouve à qui parler.
Eh ! gai, gai, gai, etc.

Le jour allait éclore,
Que j'n'avais pas tout dit,
Et, drès, avant l'aurore,
Suzon montra d' l'esprit.
Eh! gai, gai, gai, etc.

Ce soir ce s'ra d' même;
Et v'là quand on est fin,
Comm' on forme c' qu'on aime
Du soir au lendemain.
Eh! gai, gai, gai, ne craignez rien,
Gentilles,
Jeunes filles,
Eh! gai, gai, gai, ne craignez rien,
Suzon se porte bien.

A une jeune Mariée.

Air: *J'étais bon chasseur autrefois.*

Enfin, au gré de nos désirs,
L'Hymen va couronner ta tête?
Nouveau devoir, nouveaux plaisirs,
Voilà ce que ce dieu t'apprête,
Pour toi tout change, et dès demain,
Par une douce expérience,
Tu diras: Du soir au matin,
Ah! bon Dieu, quelle différence!

Aujourd'hui ton heureux époux,
Brûlant et d'amour et d'ivresse,
N'aspire qu'à l'instant si doux
Qui doit te prouver sa tendresse.
Ah! puisses-tu, de tes serments
Regrettant la vive éloquence,
Ne pas dire dans quelque temps:
Ah! bon Dieu, quelle différence!

Unis par l'âge et par le cœur ;
Que peut-il vous manquer encore ?
L'âge fuit, c'est grand malheur ;
Mais le cœur reste à son aurore.
Vieux, on s'aime toujours autant,
Soit habitude, soit constance ;
On se le prouve moins souvent,
Voilà toute la différence.

Le nouveau Marié du Gros Caillou,

CHANSON POISSARDE.

Air : *Enfin, v'là donc qu'est bâclé.*

Enfin me v'là donc zinscrit
Au grand livre d' l'hyménée !
Gna pu za r'culer, c'est dit ;
A Manon ma main zest donnée,
Et j'suis l'mari d'un vrai bijou,
Qu'est la fin' fleur du Gros Caillou.

Un jour que j'étions gaiement
Zen ribotte à l'*Aventure*,
J'avisis c'tendron charmant,
Qui vous dansait... comme une peinture ;
Si bien que c' damné d'Cupidon
Tout droit au cœur m'fit un lardon.

Pour danser l'fin menuet,
Poliment, moi, j' vous la prie ;
On nous admire, et ça fait
Plaisir à tout' la compagnie :
Puis j' vous attrape un p'tit baiser
Qu'all' fait semblant de m' r'fuser.

Comm' j'étais un p'tit brin d'dans,

J'voulus chiffonner ses nipes :
D'un soufflet all'me cass' trois dents
J'sentis qu'alle avait des principes ;
Et je m'dis tout en crachant l'sang :
« C'te fill' là m'irait comme un gant »

Frappé de c'début touchant,
J'étais resté bouche close,
Quand Manon m'dit tendrement :
« Eh quoi ! Monsieur, vous v'là tout chose !
» Apprenez, zingrat qu'un soufflet
» N'peut s'donner qu'à q'zun qui plaît. »

» Ah ! mamzell', que ce mot zest doux !
» V'là qui m'désenfle la joue. »
« R'menez-moi, dit-ell' cheux nous,
» Ça vaudra mieux que d'fair' la moue ;
» A présent qu' vous v'là mon amant,
» N'vous avisez pas de faire l'enfant. »

Je la r'conduisis t'en effet.
Et d'après c'te p'tite manœuvre,
J'en avons tant dit, tant fait,
Que l'surlend'main, bonjour, bonne œuvre,
Cadet Gros nez, l'municipal,
Nous a bâclé l'conjugal.

V'là trois jours que suis t'heureux,
Zau gré de mon espérance ;
Sur pus de vingt amoureux
J'ons obtenu la préférence,
C'est ben doux d'épouser l' premier ;
C'tellà qu'chérit tout un quartier.

A une Dame le jour de son mariage.

Air : *L'Hymen est un lien charmant.*

L'Hymen, de ses nœuds les plus doux ;
Unit deux cœurs pleins de tendresse ;
Mêmes sentiments, même ivresse,
Enflamment ces jeunes époux.
Qu'ils entreprennent de moitié !
Qu'il est beau ce pélérinage
Le bonheur sera leur partage,
Puisque l'Amour et l'Amitié
Sont leurs compagnons de voyage.

Toi qui possèdes à la fois
Tous les talents et l'art de plaire,
Sois sensible et jamais légère ;
Ton époux chérira tes lois.
Fatigué du Pélérinage,
Si l'Amour chancèle en chemin,
S'il est tenté d'être volage,
Que sa sœur, lui prêtant la main,
Lui fasse achever le voyage.

Le Mari complaisant.

Air : *J'voulons rester vot' débiteur.*

Jaloux de prouver à ma femme,
Jusqu'où va ma bénignité,
Dès ce jour j'affranchis son ame
Du joug de mon autorité ;
Oui, je jure, épouse chérie,
De vous passer, en bon chrétien,
Les vapeurs, la coquetterie....
Pourvu que je n'en souffre en rien (*ter*).

S'il m'advient de faire la moue

Sur quelque chose qui vous plaît,
Je vous permets sur chaque joue
De m'appliquer un bon soufflet ;
Ayez la main lourde ou légére,
Dès que ce sera pour mon bien,
Je m'y soumettrai sans colère....
Pourvu que je n'en sente rien. (*ter*).

Lorsque le dieu de l'hyménée
Nous dispensera ses doux fruits,
Veillez sur eux chaque journée,
Veillez sur eux toutes les nuits,
Je crains d'entendre un marmot geindre....
Mais on se fait aux cris du sien,
Et je ne m'en veux jamais plaindre....
Pourvu que je n'entende rien. (*ter*).

Chez nous on n'aura qu'un bourse,
Qu'à frais commun on emplira ;
Et ma femme dans cette source
Doit puiser tant qu'elle voudra.
Fi ! de ces maris en démence,
Qui pour eux seuls gardent leur bien !
Je veux que ma femme dépense....
Pourvu qu'il ne m'en coûte rien. (*ter*).

Me réglant sur l'ancien modèle,
Je veux être époux complaisant,
Et prétends vous rester fidèle
En dépit des mœurs d'à présent.
Près de belle au gentil corsage....
Au teint de rose, au doux maintien,
Je promets de rester sage
Pourvu qu'elle n'accepte rien. (*ter*).

Porter cachemire ou barège,
Guingan, mérinos, calicot :
Ayez des fichus à la neige,
Ou des rubans à la Jocko ;

Je veux que le diable m'emporte
Dans les enfers comme un payen,
Si jamais la couleur m'importe....
Pourvu qu'on n'en augure rien. (*ter*).

Ainsi notre petit ménage
Sera l'asile des amours,
Et jamais un sombre nuage
Ne viendra troubler nos beaux jours.
Si vous approuvez ma méthode,
Si votre goût, conforme au mien,
De ce qui me plaît s'accommode,
Je ne veux vous gêner sur rien. (*ter*)

Conseils à une nouvelle mariée.

Air : *Gentille Boulangère.*

Jeune et belle épousée,
Ecoutez un moment
Une morale aisée
Et toute en sentiment :
Qu'amour soit votre apôtre,
Votre seul directeur,
Il en vaut bien un autre,
C'est l'apôtre du cœur.

Femme soyez soumise,
Un grand Saint vous l'a dit :
Mais ce Saint, quoiqu'il dise,
Contre l'amour fléchit.
A son arrêt funeste
Opposez la douceur :
On règne sur le reste,
Quand on commande au cœur.

En amour comme en guerre,
Ceci, soit dit tout bas,

Sans art et sans mystère,
On ne réussit pas.
Qu'une simple parure
Révèle vos appas :
Vénus sans sa ceinture
N'a jamais fait un pas.

Voulez-vous sur vos traces
Fixer le tendre amour ?
Sacrifiez aux grâces
Et la nuit et le jour :
Surtout que la décence
Voile en vous le désir :
Gardez votre innocence,
Même au sein du plaisir.

Accordez avec peine,
Refusez sans aigreur ;
Avant qu'on vous obtienne,
Qu'il en coûte au vainqueur.
Pour faire un bon ménage,
Que, toujours amoureux,
Autant qu'il sera sage,
Votre époux soit heureux.

Questions à une jeune mariée, le lendemain de ses noces.

RONDE.

Air : *Eh ! lon, lan, la, etc.*

« Lise, j'aurais à vous faire
Des interrogations ;
Répondrez-vous, sans mystère,

A toutes mes questions » ?
Lise soupire.
Les yeux baissés ;
Et, sans rien dire,
En dit assez.

« On dit que le mariage
Est le plus beau sacrement,
Quand l'objet qui nous engage
Est vif, jeune, tendre, aimant »?
Lise soupire, etc.

Alors qu'hier à l'église,
Oui, par vous fut répété,
Votre cœur, aimable Lise,
De joie a-t-il palpité?
Lise soupire, etc.

« Danser, disiez-vous, Lisette,
Est des plaisirs le plus doux ;
Mais alors étiez fillette ;
Aujourd'hui le pensez-vous » ?
Lise soupire, etc.

« Aujourd'hui couleur vermeille
A fait place au blanc satin,
Pourquoi des roses la veille,
Et des lis le lendemain » ?
Lise soupire, etc.

Halte-là, ma chansonnette,
N'alarmez pas sa pudeur !
Fais plutôt, Muse indiscrette,
Mille vœux pour son bonheur !
Lise soupire,
Les yeux baissés ;
Et, sans rien dire,
Me dit : « Assez » !

4

A deux Epoux le jour de leur mariage.

Mon cœur partage ici les vœux
Que forme pour vous la tendresse :
Ah ! pour être toujours heureux,
Gardez toujours la même ivresse,
Unis des liens les plus doux,
Demeurez à jamais fidèles :
Que, pour s'envoler de chez vous,
L'amour ne trouve plus ses ailes.

Tableaux d'une Noce.

Air : *Aimons les Amours.*

Oui, je l'avoûrai sans détour,
J'aime ce jour
De plaisir et d'amour.
Loin d'être ennuyeux,
A mes yeux,
Ce vieux tableau
Paraît toujours nouveau.
Dès le matin
Chacun s'apprête ;
Et bientôt je vois en habit de fête,
Accourir l'ami, le voisin,
Et le grand oncle et le petit cousin ;
L'heure sonne, on part
Sans retard ;
L'autel reçoit les serments
Des amants,
Deux fois
L'anneau change de doigts.
Ils sont unis,
Attendris

Et bénis !
La table est prête, on se rassemble,
Buvant, criant
Et riant
Tous ensemble.
On applaudit
Le bel esprit,
Qui s'est chargé
Du couplet obligé.
J'entends le son du violon :
Chacun se place, et déjà,
Le papa,
Pour le menuet
D'Exaudet,
Ouvre le bal
D'un air patriarchal.
Mais du repos l'instant arrive :
A minuit,
Sans bruit,
Le mari s'esquive ;
Sa jeune épouse, qui le suit,
Tremble, rougit,
Pourtant elle sourit.

Mais maman ? — Oui, ma fille, croyez-en votre mère, c'est pour votre bonheur : allons donc, ne faites pas l'enfant.

Oui, je l'avoûrai sans détour, etc.

A ma Femme.

Air : *Prenons d'abord l'air bien méchant.*

Puisque d'accord avec l'Amour.
A ses lois l'Hymen nous engage ;

Je dois célébrer à mon tour
Le bonheur de mon mariage,
Abjurant mes erreurs, mes goûts,
Je veux ici, je le proclame,
Me montrer sage avec les fous,
Me montrer fou près de ma femme.

De la chérir je fais serment;
Pour me captiver auprès d'elle,
Ses grâces sont un talisman
Qui me défend d'être infidèle.
Quels transports viennent me saisir
Et porter la joie en mon ame
Quand je vois l'amour, le plaisir
Briller dans les yeux de ma femme.

L'hymen est un charmant lien
Et dans son doux pélérinage
Chacun, en y mettant du sien,
Embellit encore le voyage.
Je veux que toujours *l'art d'aimer*
Serve d'aliment à ma flamme,
Comme pour toujours me charmer
L'art de plaire sert à ma femme.

A un Ami le jour de son mariage.

Air : *Que j'enrage d'aimer Nicaise.*

Toi, dont l'heureuse destinée
Voit s'élever en ce beau jour,
La tendre rose d'hymenée
Sous le souffle ami de l'Amour.
De cette fleur timide encore,
Apprends à bien savoir jouir :

Hâte-toi de la faire éclore,
Empêche-la de se flétrir.

Pour cette rose fortunée
N'épargne ni travaux, ni soins;
Ne les plains pas dans la journée,
Dans la nuit plains-les encor moins.
Cette épine qui l'environne
Ne te défend pas d'en jouir;
C'est une peine qu'elle donne,
Mais pour ménager un plaisir.

Qu'au matin l'Aurore nouvelle
Ait des pleurs pour la rafraîchir,
Qu'au soir le Zéphire fidelle
Ait des baisers pour l'en couvrir.
Embellis sa tige chérie
De quelques tendres rejetons;
Rose toute seule est jolie,
Elle est belle avec ses boutons.

A ton sort si je porte envie,
Ami, tu me pardonneras,
Fille jeune, et, de plus, jolie,
Est fort de mon goût ici-bas;
Et si l'Amitié, pour te plaire,
Remplace l'Amour, dans mon cœur,
J'enrage de priver le frère
De ce que je donne à sa sœur.

Pour un Mariage.

Air : *Vive le vin ! Vive l'amour !*

Vive l'Hymen ! vive l'Amour !
Le nœud formé dans ce beau jour,

A jamais les réconcilie ;
Amants, Epoux, dignes d'envie,
Comblez vos plus tendres désirs,
Avec l'Hymen changez-les en plaisirs,
Et que l'amour les multiplie.

VERS ET COUPLETS
POUR LES FÊTES PATRONNALES.

A une Adelaïde.

AIR : *Pour la baronne.*

Adelaïde
Semble faite exprès pour charmer ;
Et, mieux que le galant Ovide,
Ses yeux enseignent l'art d'aimer
Adelaïde.

D'Adelaïde
Ah ! que l'empire semble doux !
Qu'on me donne un nouvel Alcide,
Je gage qu'il file aux genoux
D'Adelaïde.

D'Adelaïde
Fuyez le dangereux accueil ;
Tous les enchantements d'Armide
Sont moins à craindre qu'un coup-d'œil
D'Adelaïde.

D'Adelaïde
Quand Amour eut formé les traits,
Ma foi, dit-il, la cour de Gnide
N'a rien de pareil aux attraits,
D'Adelaïde.

Adelaïde,
Lui dit-il, ne nous quittons pas ;
Je suis aveugle, sois mon guide ;

Je suivrai partout, pas à pas,
Adelaïde.

A une Adèle.

AIR : du vaudeville de l'*Avare et de son Ami.*

Dans le temple de l'Harmonie
Qui ne se croirait transporté ?
Sans doute ici par Polymnie
Le nom d'Adèle est emprunté.
Fidelles à suivre ses traces,
Afin de nous enchanter mieux,
Les muses, en elle, à nos yeux,
Font alliance avec les Grâces.

Tandis que l'oreille étonnée
Admire ses accords brillants,
Son nom consacre la journée,
Qu'elle embellit par ses talents.
Lorsqu'Adèle devait s'attendre
Aux fleurs que sa fête promet,
C'est elle qui donne un bouquet
A tous ceux qui peuvent l'entendre.

A une Agathe.

AIR : *Babet m'a su charmer.*

Si tu veux imiter,
Agathe, ta patronne,
Il faut te contenter,
Comme elle d'être bonne.

Joins à sa douceur
Cette aimable humeur
Que la vertu respire ;
Mais ne sois sainte de longtemps ,
Et pour qu'on te fête céans
Garde-toi bien d'être à trente ans ,
Ni vierge ni martyre. *bis*.

A une Alexandrine.

Air : *J'ai vu partout dans mes voyages.*

De votre patron Alexandre
Vous avez les goûts destructeurs ;
Il mettait les villes en cendre
Et par vous brûlent tous les cœurs.
Songez donc aux maux que vous faites ;
Où tachez d'avoir moins d'attraits ;
On ne doit aimer les conquêtes ,
Que pour rendre heureux ses sujets.

A une Alexandrine.

Femme aimable est chose divine ;
L'encens doit être son bouquet :
Canonisons tout ce qui plaît
Et disons : Sainte Alexandrine.

Bouquet à un Ami.

AIR à faire.

Pour fêter en ce jour
Le mortel dont l'amour
Fait ma plus douce jouissance ;
Sans recourir à l'art trompeur,
Je dois laisser s'échapper de mon cœur
La voix de la reconnaissance.

Oui, cette voix, toujours,
Mieux que de longs discours,
Doit plaire à l'objet que l'on aime
Toi, que je brûle de fêter ;
Entends, ami, mon cœur te répéter
Qu'il te doit son bonheur suprême.

Que les dieux, de tes jours
Éternisent le cours,
Au gré de mon ardeur extrême !
Que tous tes moments soient heureux ;
Lorsque pour toi je forme de tels vœux,
Ah, je les forme pour moi-même.

A une Amie.

Dans les vœux que l'on vous adresse
Souffrez que je sois de moitié,
Et qu'aux accents de la tendresse
Je mêle ceux de l'amitié.
A vous fêter quand on s'apprête ;
Si l'on goûte tant de douceur,
C'est que le jour de votre fête
En est une pour tous les cœurs.

A une Amie.

Mon culte est pur et mon offrande est prête,
Je ne présente en ce jour qu'une fleur ;
Dans le moment je mettrais sur ta tête
Couronne d'or, si j'étais empereur,
Et n'attendrais jusqu'au jour de ta fête :
On donne tout quand on donne son cœur.

A une Amie.

Si Flore, fuyant les frimats,
A mes desirs n'était rebelle,
J'irais cueillir dans ses états,
Pour ton bouquet une *immortelle*
En me refusant ses faveurs,
Flore me laisse embarrassée ;
Mais pour suppléer à ses fleurs,
L'Amitié t'offre une *pensée*.

A une Amie.

Ta fête pour la politesse
Une fois l'an revient toujours ;
Pour l'amitié, pour la tendresse,
Ta fête revient tous les jours.

Les bouquets de la politesse,
N'ont jamais qu'une faible odeur ;
Mais ceux offerts par la tendresse,
Ont le parfum qui plaît au cœur.

De sourire à la politesse

Si l'on ne peut se refuser,
L'on doit aux vœux de la tendresse
Accorder au moins un baiser.

A une Amie.

De toutes parts on se dispose
A vous fêter, à vous fleurir;
L'amour m'a fourni cette rose,
Et je me plais à vous l'offrir.
Une rose, pour votre fête!
L'hommage n'est point indiscret
Et c'est un moyen fort honnête
De vous donner votre portrait.

A une Angélique.

Simple ornement de la nature,
Violette au parfum si doux,
Sensitive, fleur chaste et pure.
Angélique (1) est digne de vous;
Mais ce n'est pas assez pour elle;
Je place encore à son côté,
Pour ma constance une immortelle,
Une rose pour sa beauté.

---

(1) Tous les noms de quatre syllabes se terminant par *ce*, *de*, *ge*, *le*, *me*, *ne*, *pe*, *que*, *se*, *te*, ou *the*, peuvent remplacer ici le nom d'*Angélique*.

A une Anne.

Air : *J'ai perdu mon âne.*

L'un chante Diane,
L'autre à Bacchus donne le prix :
Un autre est aux pieds de Cypris ;
Nous, nous fêtons notre Anne.

Je veux qu'on me damne,
Si les Sylphes partout vantés,
Sont en esprit, sont en beautés,
Au-dessus de notre Anne.

J'y perdrais mon crâne...
Chers amis, le lys est bien blanc,
Le satin doux, assurément ;
Mais moins que la peau d'Anne.

Chut ! qu'on ne ricane !
Ceci deviendrait sérieux ;
Son mari seul peut dans ces lieux
Faire le coq à l'Anne.

Sans qu'on me chicane,
Je préfère aux fleurs du printemps
Celles que l'on voit en tout temps
Naitre sous les pas d'Anne.

Que chacun condamne
L'auteur de ces méchants couplets,
Il se trouve heureux à jamais,
S'il a l'oreille d'Anne.

A une Annette.

AIR : *Pégase est un cheval qui porte.*

Chère Annette, reçois l'hommage
Que chaque jour te rend mon cœur ;
Ce bouquet est la douce image
De ton éclat, de ta fraîcheur.
Pour donner encor plus de grâce
Aux fleurs dont pour toi j'ai fait choix
Contre ton sein que je les place :
Ces deux roses en feront trois.

A une Annette, en lui envoyant un bouquet de roses et d'immortelles.

AIR : *Du serin qui te fait envie.*

D'Annette (1), naïve et jolie ;
La violette est l'ornement ;
Le laurier se donne au génie
Et l'immortelle au sentiment.
Du doux myrthe l'Amour dispose ;
Le lys est pour la majesté ;
Mais pour vous on cueille la rose,
Elle est le prix de la beauté.

(1) Tout nom de trois syllabes commençant par une voyelle ou par une *h* muette peut remplacer celui d'Annette ; tout nom de deux syllabes, commençant par une consonne peut également le remplacer.

A Catherine.

Honneur cent fois à Catherine !
Que son nom soit partout chanté !
Confondant les savants par sa rare doctrine,
Ses rivales par sa beauté,
Et l'esprit tentateur par son austérité,
Elle eut tous les trésors que la bonté divine
Peut verser sur l'humanité ;
Mais ce qui m'en plaît davantage,
C'est que les filles de tout âge,
Des portes de l'aurore aux rives du couchant,
Sous ses drapeaux marchent également
Oh ! que cette milice enflamme mon courage !
Veut-on me recevoir ; c'en est fait, je m'engage
Dans ce joli régiment.
O cédez à mon héroïne ;
Cédez à ses soldats, trop superbe héros !
Les troupes de Catherine
N'ont jamais tourné le dos.

A Catherine.

Ornement de son sexe, et de l'humanité
Catherine eût de la beauté,
De l'éloquence et du courage.
On l'admirait, on l'aimait davantage.
Vous que j'admire et que j'aime encore plus,
De tout ses traits en vous je vois l'image,
Vous avez ses appas, vous avez ses vertus,
Vous méritez le même hommage.
Mais tel est mon aveu sincère,
Que j'aime beaucoup mieux
Vous fêter sur la terre
Que si vous étiez dans les cieux.

A Catherine.

Recevez ce bouquet, aimable Catherine,
Comme un gage assuré de mon zèle pour vous;
De votre patronne divine,
Vous avez l'air modeste et doux,
Cette beauté jadis eut le cœur inflexible :
En ce point ne l'imitez pas;
Ayez comme elle des appas,
Mais pour vos vrais amis, soyez du moins sensible.

A Cécile, le lendemain de sa fête.

A ma Cécile (1),
Si j'eusse eu l'esprit moins distrait,
Ou la tête un peu plus tranquille,
Hier j'eusse offert un bouquet
A ma Cécile.

De ma Cécile
Le caractère est indulgent;
Un pardon est toujours facile,
Lorsque l'on a le cœur aimant
De ma Cécile.

Pour ma Cécile
Unissons nos vœux et nos cœurs;
L'amitié, quelque soit son style,
Peut chanter et cueillir des fleurs
Pour ma Cécile.

(1) Le nom de *Cécile* peut être remplacé par *Lucile*, etc.

A Célestine.

Air : *Si Pauline est dans l'indigence.*

Pour le bouquet de Célestine (1),
Quelle fleur pourrai-je choisir ?
La rose fraîche et purpurine,
Un jour la voit naître et mourir ;
Malgré sa beauté passagère,
Je crois que la reine des fleurs,
Est la seule qui doive plaire
A la reine de tous les cœurs.

Ainsi que la rose nouvelle
Qui nous séduit par son éclat,
Ma Célestine vive et belle
Joint la fraîcheur à l'incarnat :
De la rose qui vient d'éclore
Elle offre les attraits brillants ;
Mais elle charme plus encore.
Par son esprit et ses talents.

A Charlotte.

Air : *Femmes voulez-vous éprouver.*

De Charlotte c'est aujourd'hui
Que nous célébrons tous la fête ;
Bannissons à jamais l'ennui,
Et qu'au plaisir chacun s'apprête :
De la gaîté, c'est le moyen
De guérir les maux de la vie :
Consultons sur ce Galien
A l'article Misantropie. *bis.*

(1) Au nom de *Celestine* on pourra substituer un autre nom de quatre syllabes se terminant en *ine*, et il y en a beaucoup.

Cet homme immortel vous dira :
Si vous êtes mélancolique,
Du séné... Non, ce n'est pas là
Le véritable spécifique :
Dix onces de ris et de chant,
Du bon vin, puis une maîtresse ;
Prenez ce remède souvent,
Vous n'aurez jamais de tristesse.

A Charlotte offrons un bouquet,
Et donnons-le-lui comme un gage
De notre attachement parfait ;
Et de nos cœurs qu'il soit l'hommage,
Peignons-lui nos vrais sentiments,
Notre vive reconnaissance ;
Et répétons-lui tous les ans
Même amour, même confiance.

A une Dame.

AIR : *de Marcellin.*

Aux jours heureux où d'un couplet,
Votre fête permet l'hommage,
Je suis ravi de mon sujet,
Et mécontent de mon ouvrage.
Si ma main vous offre un bouquet,
De mille fleurs elle dispose ;
Mais mon cœur n'a qu'un seul objet,
Et dit toujours la même chose.

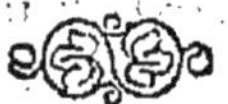

A une Dame.

AIR : *de l'Amour et du Temps.*

C'est vers la saison printanière
Que sous l'haleine du zéphyr,

Cette rose, dans le parterre
Devait naître pour l'embellir,
Flore, sensible à ma prière,
Plus tard la fit s'épanouir,
Pour qu'à votre fête si chère,
Je pusse aujourd'hui vous l'offrir.

A une Dame, le jour de sa fête.

Air : *Chansons, Chansons. etc.*

Pour prouver que j'sis honnête,
Madame, j'vous souhaite eun' bonn' fête
Ben poliment.
Vous répéter qu' vous êt' charmante,
C'est êt' l'écho d'tout c'qui vous chante
Sans compliment.

Mais moi, qui suis, n'vous en déplaise,
Complimenteur chaud comme braise,
J'fais des couplets;
La prose n'est pas si jolie;
Les vers mett' pus d'cérémonie
Dans les bouquets.

Pourtant, si l'on vous dit en prose
Qu' votr' joli' bouche est comme eun' rose,
Vot' teint, un lys :
Si queuqu'zu'un s'lou' d' vot' caractère,
Ça s'ra d'la prose aussi sincère
Qu'les vers que j' dis.

J'ai rêvé d'vous la nuit dernière,
Et j'ai cru voir en vous la mère
Du tendre Amour,

J'vous vois plus fraîche que l'Aurore,
Et, sans dormir, je rêve encore
Tout l'long du jour.

A une Dame, le jour de sa fête.

AIR : *Sur une écorce légère.*

Que dans les cieux, ta patronne
Reçoive, exauce nos vœux !
Toi, reste ici, belle et bonne,
Pour y faire des heureux.
Mais à la froide étiquette
Faut-il donc avoir recours,
Et ne dire qu'à ta fête
Ce que l'on sent tous les jours !

A une Dame, nommée Catherine.

Votre patronne, au lieu de répandre des larmes,
Le jour qu'elle souffrit pour le nom de Jésus,
Parla comme Caton, mourut comme Brutus,
Elle obtint le ciel, et vos charmes
L'obtiendront comme ses vertus,
Reniez Dieu, brûlez Jérusalem et Rome;
Pour docteurs et pour saints n'ayez que les amours;
S'il est vrai que le Christ soit homme,
Il vous pardonnera toujours.

A une Dame, qui s'appelait Madeleine.

Votre patronne en son temps savait plaire ;
Mais plus de cœurs vous sont assujétis,
Elle obtint grâce, et c'est à vous d'en faire,
Vous qui causez les feux qu'elle a sentis.
Votre patronne, au milieu des apôtres,
Baisa les pieds de son divin époux :
Belle Boufflers (1), il eût baisé les vôtres,
Et saint Jean même en eût été jaloux.

A une Demoiselle, quelque soit son nom.

Entre nous, de votre patronne,
Je connais fort peu les vertus,
Je ne suis point de ces réclus
Enfants chéris de la Sorbonne,
Vivant de messes, de saluts,
Sachant par cœur quel jour on sonne
Pour l'église et pour ses élus.
Mais si le ciel fut le partage,
De la grâce unie au talent,
De l'esprit joint au sentiment ;
Sans m'embarrasser davantage,
Sans feuilleter livres pieux,
Pour y chercher le personnage

---

(1) Le nom de *Boufflers* peut être changé en tout autre commençant par une consonne et finissant par une syllabe sonore ; par un nom de trois syllabes commençant par une voyelle et finissant par une rime masculine, ou par un nom de quatre syllabes, commençant par une voyelle et finissant par une syllabe muette.

Qu'aujourd'hui l'on fête en tous lieux;
La sainte est présente à mes yeux,
A vos pieds je lui rends hommage.

A une Demoiselle qu'on recherche en mariage.

La foi, l'amour, la charité,
Sont des dons précieux que la divinité,
Fit descendre sur nous de son trône céleste;
Ils s'uniront pour mon bonheur.
La foi vous convaincra de ma sincère ardeur,
L'amour vous offrira mon cœur,
La charité fera le reste.

A une Demoiselle.

Si de l'humeur l'égalité parfaite,
Si des attraits, si toutes les vertus
Etaient chez nous des jours de fête,
Pour vous les souhaiter nous n'y suffirions plus.

A Dorothée.

Air : *Chansons, Chansons.*

A chanter le jour de ta fête,
Qu'un autre gravement s'apprête;
Auteur badin,

Exempt de soucis et d'alarmes,
Moi, je trouve bien plus de charmes
Au lendemain.

Le jour, on fait vingt politesses,
Des vœux, des bouquets, des promesses,
Souvent en vain :
Mais un cœur fidèle et sincère
Ne peut-il pas aussi les faire
Le lendemain ?

Si la charmante Dorothée
Par moi n'a pas été fêtée
Hier matin,
J'ai mon excuse toute prête :
Vous savez qu'il n'est pas de fête
Sans lendemain.

A une Eglé.

Flore m'a permis ce matin
Le choix des fleurs de son parterre ;
Mais j'ai su borner mon larcin
A celle digne de te plaire :
Eglé, que par toi cette fleur
Soit accueillie ou méprisée,
N'est-ce pas toujours un bonheur
Que de t'offrir une pensée.

---

[1] Tous les noms de deux syllabes peuvent remplacer celui d'*Eglé*.

A une Éléonore.

Air : *Bouton de rose.*

D'Eléonore
Chacun admire le talent ;
Mais, ce que personne n'ignore,
C'est qu'on soupire en écoutant,
Eléonore.

Eléonore
A plus d'un appas séducteur,
Je le sais, mais je vois encore
Qu'on doit bien plus aimer le cœur
D'Eléonore.

Eléonore
De la fêter me fait la loi :
Qu'un autre la compare à Flore ;
On est tout, quand on est pour moi
Eléonore.

A une Elise, Elisa ou Elisabeth.

Que ce bouquet soit présenté
Par l'ami le plus vrai d'Elise,
Nous dit l'amour ; ma volonté
Sur ce point est fixe et précise.
Chacun de nous, du dieu malin ;
Devine bien le stratagème,
Et lui répond : Amour mutin,
De notre part, vas, ce matin ;
Vas le lui présenter toi-même.

Encore un mot à ma Femme pour sa fête.

Air : *Le premier pas.*

Encore un mot,
Ma femme, pour ta fête ;
Car, tous les ans, te chanter est mon lot,
Et c'est pour moi vraiment une conquête
Lorsque je puis te dire, en tête à tête,
Encore un mot.

A dire un mot
Décembre me rappelle ;
Et sans tarder j'acquitte mon écot.
C'est au printemps que chante Philomèle,
Ma muse trouve en hiver, près d'Adèle (1),
Encore un mot.

Encore un mot
D'heureuse souvenance :
Fuir le chagrin, je crois, n'est pas d'un sot
Oubli parfait pour le temps de souffrance,
Mais pour celui de douce jouissance ;
Encore un mot.

Encore un mot
D'amour et de tendresse ;
Cœur bien épris n'est pas muet sitôt.
J'éspère bien, jusques dans ma vieillesse,
Te répéter, et même avec ivresse
Encore un mot.

(1) Le nom d'*Adèle* au second couplet ne peut être remplacé que par un autre nom commençant par une voyelle, ayant trois syllabes et se terminant en *èle* ou *elle*.

A une Félicité.

Félicité, ce nom qui plaît à l'ame,
A tous les jours un prix nouveau pour moi :
Comme l'amour, l'amitié le réclame,
Et tous les deux l'avaient choisi pour toi.

Beauté vermeille est bientôt effacée,
Et dans l'oubli se perdent ses attraits,
Plaisir des yeux, charme de ma pensée,
Félicité ne passera jamais

Couplet à une Femme absente, pour le jour de sa fête.

Air *du vaudeville d'Abufar.*

L'absence a de cruels tourments :
Loin de toi, mon ame éperdue
Regrette les plus doux moments.
Hélas ! que ne m'es-tu rendue ?
Sans phrases, ni vers, ni caquets,
Sans expressions déplacées,
Mon cœur serait mon bouquet,
Mes baisers mes seules pensées.

A Géneviève.

Air : *Chacun avec moi l'avouera.*

Que personne ne soit surpris
En ce jour, si, pour me distraire,

De la patronne de Paris
Je célèbre l'anniversaire :
Pour elle, à l'usage établi
En rien ici je ne déroge ;
Elle a, loin d'être dans l'oubli,
Sa place en mon martyrologe.

Puisqu'enfin les tristes frimats
De deuil ont couvert la nature ;
Puisque de Flore on ne voit pas
L'élégante et fraiche parure,
Je veux, sans nul retardement
Cédant au zèle qui me presse,
Prendre, au jardin du sentiment,
Le bouquet que je vous adresse.

Vous reçutes du créateur
Des dons précieux en partage,
De la bonté, de la douceur
Vous offrez l'heureux assemblage ;
Et pour qui connait votre cœur,
De deviner il est facile
Que le plaisir et le bonheur
Ont chez vous fixé leur asile.

A Hortense.

AIR *du vaudeville de* l'Avare et son Ami.

Quelle beauté peut nous séduire
Par un mot, un geste, un regard,
Et dont le magique sourire
Enchaîne les cœurs à son char ?
Quelle est celle dont la présence
Fait l'ornement de ce séjour ?...

Ah ! si j'interrogeais l'Amour,
Il me répondrait : « C'est Hortense ! (1) »

Qui l'aperçoit déjà l'adore,
Qui l'entend s'énivre d'espoir,
Qui l'aima veut l'aimer encore,
Qui l'a fuit voudrait la revoir.
Par elle une heureuse influence
A l'indifférent donne un cœur ;
Et pour désigner son vainqueur
L'inconstant nommerait Hortense !

Douce reine de cette fête,
Ah ! ne quitte point nos climats !
Ici, nous ornerons ta tête
Des fleurs qui naissent sous tes pas.
Parmi nous sois sans défiance ;
Reçois nos vœux et notre encens ;
Et bientôt un peuple d'amants
Va tomber aux genoux d'Hortense !

A Julie.

Je ne connais que la Julie
Dont le galant Ovide a chanté les amours ;
Elle était sensible et jolie,
Et son nom charmera toujours.
Elle unissait à l'art de plaire
Un cœur facile à s'enflammer :
Si vous voulez lui ressembler,
Vous n'avez plus qu'un pas à faire.

---

(1) Ces vers peuvent également servir pour *Florence*, *Fulgense*, etc.

Acrostiche à Julie.

Je pourrais pour ta fête à ton mérite offrir
Une rose, un œillet ; mais leur vie est si frêle :
Le même jour les voit naître, briller, mourir...
Il est trois fleurs qu'on nomme estime, respect, zéle,
Et puisqu'elles vivront, je dois te les offrir.

A Julie.

Air : *Je ris de la Philosophie.*

Quand c'est la fête d'une belle,
Aussitôt on voit pour bouquets,
De toutes parts, pleuvoir chez elle,
Petits vers et petits couplets.
Laissant à chacun sa manie,
Du cœur seul je prends des leçons,
Et je veux porter à Julie (1)
Autre chose que des chansons.

Julie est bonne, aimable et sage ;
Ses yeux promettent le bonheur.
On peut toujours à son langage,
Aisément connaître son cœur.
Je l'aime et je saurai sans cesse,
De l'amour suivant les leçons,
L'entretenir de ma tendresse,
Sans lui débiter des chansons.

---

(1) Le nom de *Julie* peut être remplacé par *Marie*, *Flavie*, *Sylvie*, etc.

A Julie.

Air : *De la ronde d'Anacréon.*

Voici la fleur qu'à votre fête,
On doit toujours vous présenter,
La rose est l'image parfaite
De ce qui vous fait adorer,
Et par le zéphir embellie,
Elle a dans l'empire des fleurs
Le rang que l'aimable Julie (1)
Occupe ici dans tous les cœurs.

A Justine.

Air : *Triste raison, etc.*

J'allais cueillir la rose et l'aubépine ;
Je vis l'amour tout prêt à m'assaillir ;
Il les gardait, je lui nommai Justine (2);
Il vint m'aider pour elle à les cueillir.

« Prends le bouquet que ta main lui destine ;
Mes fleurs, dit-il, la doivent couronner ;
Mais songe à toi, quand on parle à Justine,
On donne plus qu'on ne voulait donner.

« Crains un larcin que déjà je soupçonne,
Et que mes soins ne peuvent retarder :

---

[1] On peut remplacer le nom de *Julie*, par l'un de ceux, *Marie*, *Flavie*, *Sylvie*, *Sophie*, *Zélie*, *Délie*, *etc.*

[2] Le nom de *Justine* pourra être remplacé par tout autre nom de trois syllabes se terminant en *ine*, comme *Pauline*, *Delphine*, *Marine*, *etc.*

Dès que sa main touche aux fleurs qu'on lui donne
Ses yeux ont pris un cœur qu'on veut garder. »

— « Je sais, amour, à quoi l'on me destine ;
Le mal est fait, ainsi plus de frayeur :
Va, le matin, quiconque a vu Justine,
N'a plus, le soir, à craindre pour son cœur.

A Laurence.

L'on ne peut résister longtemps
A la séduisante Laurence ;
Un air fripon, des traits charmants,
Ravissent en voyant Laurence :
En grâce, talents enchanteurs,
Nul ne peut égaler Laurence ;
C'est pour enchaîner tous les cœurs
Enfin qu'Amour créa Laurence.

A Lise.

Comment te peindre mon ardeur ?
A Lise quand on rend hommage (1
C'est partout le même langage,
Chacun veut lui donner son cœur.

De faire moins, étant si tendre,
Vraiment je me garderais bien ;
Mais pour t'offrir aussi le mien,
Lise, il faudrait te le reprendre.

---

(1) A *Lise*, on peut substituer, *Rose*, *Claire*, etc.

A Louise.

Air *du vaudeville des* Deux Précepteurs.

Comme ton patron tu n'a pas
Une cour qui toujours t'assiège;
Mais les fleurs naissent sous tes pas,
Et les Amours sont ton cortège
Loin des courtisans, des grandeurs,
Tu captives par un sourire.
Louis régnait sur un empire,
Et tu régnes sur tous les cœurs.

Jadis Louis fit des exploits,
Tu fais aussi mainte conquête;
Mais il combattit pour la croix,
Tu n'es qu'un héros en cornette.
Du dieu dont tu lances les traits
Il eût voulu couper les ailes;
Il combattit les infidèles;
Et tu n'en trouveras jamais.

A Louise.

Air: *Ce fut par la faute du sort.*

Je veux de la voix et du cœur,
Chanter aussi notre Louise;
Que cette mode a de douceur,
Quand le sentiment l'autorise.
Amis, amants, ont tour-à-tour
Par elle une heureuse journée:
C'est bien le moins qu'on dise un jour
Ce que l'on sent toute l'année.

Quand on l'entend sa douce voix

Reste au cœur plus que la mémoire ;
Elle a partout les mêmes droits
A l'amitié comme à la gloire.
Son cœur est vrai, sensible et bon,
Et son talent chacun le prise ;
Tout le monde applaudit Suzon,
Et tout le monde aime Louise.

A une Louise.

Par ses vertus, par sa vaillance,
Ton patron, l'illustre Louis,
Lorsqu'il commandait à la France,
Réunit les lauriers aux lys,
Ces fleurs qui croissent sur tes charmes,
Ornaient l'écusson de ce saint ;
Mars sut les fixer sur ses armes,
Vénus les plaça sur ton sein.

A Madeleine.

Air : *Bouton de rose*.

A Madeleine
Je voulais offrir une fleur :
Mais quand des fleurs elle est la reine
Je ne puis offrir que le cœur
A Madeleine.

A Madeleine.

De Madeleine, en son jeune âge,
Vous possédez tous les attraits :
Vous en faites meilleur usage,
Elle eût des repentirs, vous n'en aurez jamais.

A Madeleine.

Air *du Petit Matelot.*

Toutes Madeleines sont belles,
Ce nom fait honneur à porter :
Quelques-unes sont immortelles,
Et trois surtout sont à citer ;
L'une coquette en sa jeunesse,
En vieillissant se convertit :
Sur terre elle fut pécheresse,
Mais au ciel elle est en crédit.

La seconde, toujours en larmes,
Nous séduit par son désespoir ;
Ses longs cheveux voilent ses charmes,
Que pourtant on peut entrevoir.
L'amour brille sur sa figure,
Ses yeux sont tournés vers le ciel,
Mais tout cela n'est qu'en peinture :
C'est le tableau de Raphaël.

La troisième est la plus aimable ;
Elle attire à soi tous les cœurs ;
Jamais elle ne fut coupable
De fautes qui coûtent des pleurs.
Généreuse, modeste et sage,
Vous la voyez, d'un air discret,

Elle voudrait nier, je gage,
Que j'ai fait ici son portrait.

A Marguerite.

Air : *Dam', ma mèr', est-c' que j' sais.*

Sur les fleurs et leur mérite
Parlons après mille auteurs ;
La fête de Marguerite
Est le plus beau jour des fleurs.
Ah ! quand nos plaisirs périssent,
N'ayons pas de vains regrets :
Mais avant qu'ils se flétrissent,
Amis, chantons les bouquets. (*bis*).

Pour célébrer notre amie
Si les fleurs naissent à point :
Et de l'an et de la vie
L'hiver n'en manquera point :
L'amour quand la saison passe
Est sans roses, sans muguet ;
Mais l'amitié sous la glace
Retrouve encore un bouquet.

Grands, on voit votre caprice.
Changer tout auprès de vous
Vos bouquets sont d'artifice,
Ils durent plus que vos goûts.
Mais en fêtant Marguerite
Nos sentiments sont si vrais,
Que le temps, qui fuit trop vite,
Ne change que nos bouquets.

A Marguerite.

Air : *Nous sommes précepteurs d'Amours.*

Tu portes le nom d'une fleur ,
Ta patronne est vierge et martyre ;
Sous ce double rapport . mon cœur
Aurait cent choses à te dire.

L'une a su peindre sa fraîcheur
Sur ton front brillant et modeste ;
De l'autre , l'aimable pudeur
Décèle ton ame céleste.

Simple fleur , ou nymphe à ton gré,
Reçois en ce jour mon hommage,
Tes vertus me l'ont inspiré ,
Tu dois sourire à ton ouvrage.

A une jeune Marie.

Air : *Avec les jeux dans le village.*

A ta fête , vierge charmante ,
Je n'ai point de fleur à t'offrir :
Il n'en est pas d'assez brillante
Pour te parer , pour t'embellir,
Non , non , je n'en connais aucune
Qui méritât ton agrément. . . .
On ferait mieux de t'en prendre une
Que de vouloir t'en donner cent.

A Marie.

AIR : *Femmes, voulez-vous éprouver.*

De Marie ayant cru longtemps
Que le nom cachait un mystère,
Je m'en fis expliquer le sens
Par l'aimable Dieu de Cythère.
Ce nom, dit-il, fait pour charmer,
Convient à la plus tendre amie,
En effet, le doux mot aimer,
Est l'anagramme de Marie.

A Marie.

AIR *du pas redoublé.*

Panard, viens m'aider un moment,
Je vais chanter Marie (1):
Je voudrais peindre dignement
Cette femme chérie.
On doit élever jusqu'aux cieux
Les couplets que j'entonne,
Si mes vers sont à tous les yeux
Aussi bons qu'elle est bonne.

AIR : *Sur le sommet de la double colline.*

Un bienfaiteur quelquefois humilie;
Mais du malheur ménageant la fierté,
En obligeant, l'adorable Marie

---

(1) On peut changer le nom de *Marie* en l'un de ceux de *Julie*, *Flavie*, *Sylvie*, *Sophie*, etc.; ou autres de deux syllabes et ayant la même terminaison.

Sait réunir la grâce à la bonté :
Qu'un indigent l'implore et l'intercède
Elle sourit, l'accueille avec douceur,
Et le bienfait qu'un doux accueil précède
Ressemble au fruit qui vient après la fleur.

Air *du vaudeville de* M. Guillaume.

De l'amitié, de la reconnaissance,
Elle reçoit et les vœux et les fleurs;
L'Amour étale en sa présence
Des bouquets de toutes couleurs. (*bis*).
Bacchus s'y joint, et sa liqueur chérie,
En circulant dans ce banquet,
Semble avec nous vouloir fêter Marie:
Car elle a le bouquet.

A Marie.

Air *de l'Avare et son Ami*.

Pour bien chanter une Marie,
Il faudrait ravir dans le ciel
L'éloquence douce et fleurie
Qui réussit à Gabriel.
Cet ange était galant, aimable,
Et comme un ange il s'en tira ;
Mais, hélas ! qui l'imitera ?
Car un ange est inimitable.

Demain l'église fait la fête,
De son voyage dans les cieux :
Ah ! qui ferait votre conquête,
Plus qu'un ange serait heureux !
Au fond d'un bosquet solitaire,
Lisant son bonheur dans vos yeux,
Il se trouverait dans les cieux
Et n'aurait point quitté la terre.

A ma Prétendue, au jour de l'an.

AIR *de la Croisée.*

Je serais sûr de mon pari,
En gageant que, pour bonne année,
Le souhait d'un jeune mari
Te sera fait dans la journée;
A ce vœu si doux à former,
Veuille le ciel être propice!
Qui plus que moi doit désirer
Qu'un tel vœu s'accomplisse?

Maint ami, déjà, dans ce jour,
M'a souhaité pour mon partage
Femme belle comme un Amour,
Femme aimable, modeste et sage:
Vœux superflus dont je riais;
Car on oubliait, chère Elise,
En me fesant de tels souhaits,
Que tu m'étais promise.

Reçois aussi de ton amant
Le compliment de bonne année;
Puisses-tu très-prochainement
Rendre hommage au Dieu d'hyménée!
Puisses-tu dans un doux lien
Avoir le bonheur pour étrennes!
Je ne demanderai plus rien,
J'aurai reçu les miennes.

A Rose.

AIR : *J'ai vu partout dans mes voyages.*

Lorsqu'au moment de ta naissance
Il fallut te donner un nom,
On accorda la préférence
A Rose, et l'on eût bien raison;

Nature, qui de tout dispose
Voulut y joindre une faveur :
Dès l'instant qu'on te nomma Rose
Elle t'en donna la fraîcheur.

Souvent une épine cruelle
D'un bouton punit le larcin ;
Faut-il sur la fleur la plus belle
Qu'on tremble de porter la main
Mais quand ta séduisante mine
En nous fait naître le désir,
Aimable Rose, ton épine
N'est que l'aiguillon du plaisir.

A Thérèse.

La légende a pu vous apprendre
Que votre patronne pour Dieu
A brûlé du plus tendre feu ;
Son exemple aurait dû vous rendre
Je ne dis pas sainte, mais tendre.
Il ne faut pas exactement
A son goût conformer le vôtre ;
Jésus-Chrit était son amant ;
Vous en pouvez aimer un autre :
Mais tâchez de l'aimer autant.
Apprenez sur le diable un bon mot de Thérèse :
« Il est bien malheureux, dit-elle, il n'aime point ! »
Ma bergère, je suis bien aise
Que vous méditiez sur ce point ;
Car vous n'aimez, dit-on personne ;
Et je vois, les larmes aux yeux,
Que vous ressemblez beaucoup mieux
Au diable qu'à votre patronne.

A Véronique.

AIR : *Ce mouchoir, belle Raimonde.*

D'une sainte, d'une plante,
Pourquoi portez-vous le nom ?
Est-ce une image parlante ?
Qui vous connait, dira : Non ;
L'une eut un régime austère,
Et vous marchez sur les fleurs ;
L'autre à l'homme est salutaire,
Et vos yeux blessent nos cœurs.

J'aime à voir votre patronne
Du plus beau feu s'enflammer,
L'exemple qu'elle vous donne
Vous fait une loi d'aimer.
Du digne objet de sa flamme
Dans sa main (1) on voit les traits ;
Les vôtres sont dans mon âme,
Et n'en sortiront jamais

La sainte, vers sa chapelle,
Voit peu de monde accourir ;
Dans votre boudoir, la belle,
Chacun voudrait s'établir.
La sainte, une fois l'année,
Sur nos autels prend son tour ;
Mais pour vous, plus fortunée,
L'encens brûle chaque jour.

---

[1] Sainte Véronique est représentée tenant un linge où est empreinte la face de J.-C.

A qui l'on veut.

AIR : *Cœurs sensibles, cœurs fidèles.*

Je voudrais chanter ta fête,
Et ne sais faire un couplet ;
Au plaisir qu'elle t'apprête
Tout mon être se complait ;
Mais si ma muse est muette,
Pose ta main sur mon cœur.
Il sera bon orateur.

A Victoire.

AIR : *Ne V'-là-t-il pas que j'aime.*

La beauté passe et se flétrit ;
Son charme est illusoire :
Les dons du cœur et de l'esprit
Nous font chanter Victoire.

Sans artifice et sans apprêts,
Elle plait sans le croire :
La modestie et les attraits
Nous font chanter Victoire.

Sa voix peut s'unir aux concerts
Des filles de mémoire ;
Le goût des beaux arts et des vers
Nous font chanter Victoire.

Heureux qui doit avoir un jour
Le bonheur et la gloire
D'obtenir le prix de l'Amour,
En obtenant Victoire !

Ce que je voulais dire.

A UNE DAME.

Air : *Soldat qui gardez ces créneaux.*

Ou : Air *des Triolets.*

Mon esprit ignore comment
Il doit célébrer votre fête :
J'aime ; mais faire un compliment,
Mon esprit ignore comment :
Appréciez le sentiment
Et pardonnez à l'interprête ;
Mon esprit ignore comment
Il doit célébrer votre fête.

Mon cœur ne peut délibérer,
Et sait le parti qu'il faut prendre ;
Au risque de s'aventurer.
Mon cœur ne peut délibérer.
Il faut fuir ou vous adorer
Dès qu'on peut vous voir, vous entendre ;
Mon cœur ne peut délibérer
Et sait le parti qu'il faut prendre.

Je vous aime et ne puis changer,
Voilà ce que je voulais dire :
Dût notre argus en enrager,
Je vous aime et ne puis changer.
Que cent maux viennent m'assiéger,
Vous les effacez d'un sourire.
Je vous aime et ne puis changer,
Voilà ce que je voulais dire.

A une Annette.

AIR : *Des Bergères du hameau.*

Rien de piquant, rien de frais ;
Tout est dit en chansonnette ;
Mais pour la fête d'Annette
L'amitié veut des couplets.
Intéresser en parlant d'elle
Est un succès qu'on se promet,
Pour peu que l'on prête au portrait
Les agréments du modèle.

Tout chez Annette séduit ;
Son langage, son sourire,
Prouve assez quel est l'empire
De la grâce et de l'esprit.
De son cœur sensible interprète,
Son bel œil peint la volupté ;
Mais ce n'est une vérité
Que pour le Lubin d'Annette.

A la plus brillante fleur,
Hélas ! l'épine est unie !
Et la santé qu'elle envie
Manque à son parfait bonheur.
Oui, de sa langueur si touchante
Trop souvent notre œil est témoin,
Mais en avait-elle besoin
Pour paraître intéressante.

Mère de tous les plaisirs,
Quand la santé, chère Annette ;
Dans votre ame satisfaite
Rappellera les désirs ;
Qu'un beau rejeton, sur vos traces,
Près de ses sœurs brille à son tour ;
Il faut bien au moins un Amour
Pour accompagner les Grâces.

A une Annette.

Air *du Maréchal.*

Chaque Lubin fête en ce jour
Et son Annette et son amour :
Il est des plaisirs de tout âge,
Et des fleurs de toutes saisons.
Jeune galant, dans ses chansons,
Peut célébrer un Dieu volage :
A vingt ans,
Tous les sens
Font tapage,
Et l'amour fait bien du ravage.

Ce dieu sous des chaines de fleurs
Cache des pièges séducteurs ·
Vengeons l'amitié qu'on oublie,
Nous qui connaissons ses douceurs :
A notre tour chantons sa sœur,
Laissons le dieu de la folie.
Tôt, tôt, tôt,
Pas trop haut,
Bon courage,
L'amitié fuit le grand tapage.

On dit que parmi les mortels
Elle ne trouve plus d'autels :
Mais notre Annette l'y ramène,
Pour la fixer dans ce séjour,
Chantons bien cet heureux retour,
Et qu'aucun de nous ne s'abstienne
De fêter,
De chanter
Sa déesse,
Et de lui prouver sa tendresse.

Indulgente sans fausseté,
Bienfaisante sans vanité,
Elle nous offre le modèle

Et l'assemblage des vertus.
Femme, comme l'on n'en voit plus
Aurait bien dû naître immortelle.
Joignons-nous,
Chantons tous,
Bon courage,
Il faut avoir cœur à l'ouvrage.

On peut songer à l'avenir,
Quand il annonce le plaisir;
Que chacun ici me promette
De revenir à pareil temps:
Jurons de chanter tous les ans,
Et de célébrer notre Annette.
N'ayons point
D'autre soin,
D'autre apôtre,
Et que sa fête soit la nôtre.

A une Demoiselle,

LE JOUR DE SA FÊTE.

AIR: *Philis demande son portrait.*

Ma lyre est facile à monter,
Lorsque le sujet prête:
S'il en est d'ingrat à traiter,
C'est celui d'une fête;
Mais celle-ci doit s'excepter;
Car auprès de Thémire (1),

[1] On ne peut remplacer le nom de *Thémire* que par un nom de trois syllabes commençant par une consonne et finissant en *ire*, comme *Palmire*, *Zémire*, etc.

Le cœur, toujours pour la chanter,
A quelque chose à dire.

C'est à qui, dans ce jour heureux
Lui prouvera son zèle ;
De ce sentiment généreux
Thémire est le modèle ;
Lys, œillet, rose, *et cœtera*,
Flore a tout fait pour elle ;
Mais Thémire de ces fleurs-là
Est encor la plus belle.

Son ame naïve et sans fard
Se peint sur sa figure ;
Thémire ne doit rien à l'art,
Mais tout à la nature ;
Et pour captiver tous les cœurs
Enchaînés sur ses traces,
Elle joint les talents aux mœurs,
Et la décence aux grâces.

Qui pourrait avoir au bonheur
Plus de droit que Thémire ?
Qu'à la fêter avec ardeur
Chacun de nous conspire !
Puisse, semant des jours si beaux
De fleurs toujours nouvelles,
Le Temps pour elle être sans faulx,
Comme amour est sans ailes !

A Françoise.

AIR : *Qu'elle est, qu'elle est bien !*
Monseigneur, vous ne voyez rien.

Tendre Amour et tendre Amitié
Sont arrivés de compagnie,

Pour pouvoir être de moitié
Dans la fête qui nous rallie :
Françoise est pour eux une sœur :
Tous deux se disputent son cœur ;
Chantons en ce jour
L'amitié, Françoise (1) et l'amour.

Je ne veux point d'un vieux Phébus
Orner ma faible chansonnette ;
Fi de Minerve et de Vénus !
Françoise est cent fois plus parfaite :
Qu'un beau diseur aille son train,
Moi, je m'en tiens à mon refrain,
Chantons en ce jour
L'amitié, Françoise et l'amour.

Il me serait doux, j'en conviens,
De pouvoir célébrer sa grâce,
Sa taille svelte et son maintien,
Et tels attraits que nul n'efface :
Mais les fadeurs ne valent rien.
A mon refrain, moi je m'en tien ;
Chantons en ce jour
L'amitié, Françoise et l'amour.

Je puis pourtant dire sans peur
Que chaque moment de sa vie
En elle prouve excellent cœur ;
Sensible épouse et tendre amie ;
Sur ces points-là, marchons grand train,
Puis arrêtons-nous au refrain :
Chantons en ce jour
L'amitié, Françoise et l'amour.

Si la critique en ces couplets
Voulait blâmer l'art du poète,

---

(1) On peut changer le nom de *Françoise*, par tout autre nom de trois syllabes se terminant par *ce*, *de*, *ge*, *le*, *me*, *ne*, *pe*, *que*, *se*, *te* ou *the*, etc.

Comme le cœur seul les a faits
Elle devra rester muette :
Au surplus, qu'elle aille son train,
Moi je ne tiens qu'à mon refrain :
Chantons en ce jour
L'amitié, Françoise et l'amour.

A Jacqueline, le premier du mois de Mai, jour de sa fête.

AIR : *Dans la paix et l'innocence.*

Pour chanter de Jacqueline
Le nom, l'esprit et le cœur,
Vîte une chanson badine,
Et qu'on la répète en chœur.
Du doux feu qui me pénètre,
Que chacun soit animé ;
Au plaisir on doit renaître,
Le premier du mois de mai.

C'est l'époque où la nature
Reprend ses riches couleurs,
Où nous voyons la verdure
S'émailler de mille fleurs.
Tour-à-tour notre patronne
Présente à notre œil charmé,
Fleurs de printemps, fruits d'automne,
Le premier du mois de mai.

D'après un antique usage,
On voyait, en ce beau jour,
Un jeune arbre offrir l'image
Du bonheur et de l'amour.
Au lieu des vers que je chante,
J'aurais aussi mieux aimé
Te planter ce que l'on plante
Le premier du mois de mai.

Que t'offrirai-je ? une rose
Te peindrait mal mon amour ;
Quelques vers sont peu de chose
Pour fêter un si beau jour.
Jacqueline, il fut un âge
Où mon cœur plus enflammé
T'en aurait fait davantage
Le premier du mois de mai.

A Madeleine.

Que Madeleine était touchante
Aux genoux du Sauveur,
Quand sa voix douce et repentante
Y peignait sa douleur !
Humble maintien, front plein de charmes,
Cheveux à l'abandon,
Sein demi-nu, beaux yeux en larmes,
Espérez le pardon.

Auprès d'Eve, pour une pomme,
Adam fit un faux pas :
Pour Madeleine un Dieu fait homme
S'humanise tout bas.
Pauvre Marthe, en vain alarmée,
Tu vas grondant ta sœur.
Tu fus plus sage et moins aimée ;
Jésus avait un cœur.

De notre aimable pécheresse,
Vous qui portez le nom,
Songez qu'un chrétien doit sans cesse
Imiter son patron.
Ce n'est point la seule abstinence
Qui fait les bienheureux ;
Pieuse larme après l'offense
Nous ouvre aussi les cieux.

Si quelque dévot de Cythère,
  Sur le soir d'un beau jour,
D'un air touché venait vous faire
  Joli sermon d'amour ;
Belle ainsi que votre Patronne,
  Soyez plus tendre encor ;
Et, pour que Jésus vous pardonne,
  Pêchez un peu d'abord.

Ronde à une Marie, le jour de sa fête.

AIR : *En revenant de Bâle en Suisse.*

Heureux le *Pater* de famille,
Qui sans jamais être *à quia*,
Matin et soir, en joyeux drille,
Peut vous dire : *Ave Maria.*
  Chacun, je parie,
  Charmé, captivé,
  A notre *Marie*,
  Voudrait dire *Ave*, } *bis* en chœur.

Je vous salue, ô vous, *Marie*,
Qu'aujourd'hui l'on fête en ces lieux !
Parmi nous vous êtes chérie
Comme votre patronne aux cieux.
  Chacun, je parie, etc.

Marie était *pleine de grâces* ;
Nous en disons autant de vous :
Un ange vola sur ses traces
Comme l'Amour à vos genoux.
  Chacun, je parie, etc.

Marie aussi bonne que belle,
S'occupe du bonheur de tous :

Le Seigneur était avec elle ;
Vous prouvez qu'il est avec vous.
Chacun, je parie, etc.

Marie, entre toutes les femmes,
Fut bénie, et je crois qu'ici
Vous pourriez lire dans nos âmes
Combien l'on vous bénit aussi !
Chacun, je parie, etc.

Dieu fit faire à la Vierge mère
Un enfant qu'ensuite il bénit :
Le dieu malin pour vous le faire
N'enverrait pas le Saint-Esprit.
Chacun, je parie, etc.

Mère de Dieu, mère des Grâces,
Ont ensemble encore un rapport :
Près d'elle nous briguons des places
Avant comme après notre mort.
Chacun, je parie, etc.

Pour Marie, une chansonnette
Demandait un rimeur subtil :
Ma chanson qui n'est pas très-nette
Lui plaira-t-elle ? *Ainsi soit-il !*
Ce soir, je parie,
L'Amour captivé,
Saura pour *Marie*,
Bien mieux dire *Ave*. } *bis* en chœur.

A Marie.

Air : *L'Amour a gagné sa cause.*

Un habitant du Paradis,
A votre divine Patronne,

Du Très-Haut annonça jadis
Les grands desseins sur sa personne.
Sans être député du Ciel,
Par mon nom dans la confrérie,
Comme l'archange Gabriel,
Je vous salue, ô Marie!

Pleine de grâces, fut le nom
Par lequel l'envoyé céleste,
De Marie, en son oraison,
Salua la vertu modeste.
La grâce est un don précieux
Et, c'est ici, sans flatterie,
Qu'au nom de ce présent des cieux,
Je vous salue, ô Marie!

Oui, le seigneur est avec vous,
C'est son esprit qui vous éclaire
C'est ce qu'on entend dire à tous
Du vôtre qui sait si bien plaire.
Bien parler, et faire le bien
C'est votre habitude chérie:
En l'honneur de l'Esprit divin,
Je vous salue, ô Marie!

Être vierge et mère à la fois,
Ce fut un privilège unique;
Mais la nature a d'autres lois
Que plus ou moins bien on pratique.
O vous dont la félicité
Au sort de vos enfants se lie,
Au nom de la maternité,
Je vous salue, ô Marie!

A Marie.

Air : *Nous sommes précepteurs d'amour.*

Vous allez tous suivre ma loi ;
Mes bons amis , je le parie ,
Et vous chanterez avec moi ?
La jeune et charmante Marie.

Est-il un sujet plus heureux ?
Célébrons sa fête chérie ,
Et pour nous en acquitter mieux ,
Puisons dans les yeux de Marie.

Mais craignons ce fripon d'Amour
Qui tient là son artillerie ,
Hélas ! s'il fait feu tour-à-tour ,
Nous allons brûler pour Marie.

Nargue du pédant Apollon
Et de sa docte compagnie !
Ils nous feraient une chanson
Bonne pour la vierge Marie.

La rime et la raison d'accord
Produiraient la monotonie :
Convenez-en , raison a tort
Quand on la voit devant Marie.

La pensée et le sentiment
Sont gênés par la symétrie ,
Et l'on sent naturellement
Que cela vient près de Marie.

Amis , voyez son grand œil noir ,
Voyez sa figure jolie ,
Et de tout ce qu'on aime à voir ,
Jugez en regardant Marie.

Voyez encore à ses appas
Comme la gaîté se marie !
Non, l'esprit ne le cède pas,
Même à la beauté chez Marie.

L'œuvre du Saint-Esprit, dit-on,
Par Gabriël fut accomplie :
Chacun de la même façon,
Voudrait l'opérer pour Marie.

A Rose.

Air : *Charmante Gabrielle.*

De Rose c'est la fête,
Célébrons ses attraits :
L'amour est sa conquête,
Et lui doit tous ses traits ;
Cependant elle ignore
  Les dons qu'elle a ;
Mais je lui sais encore
  Mieux que cela.

Ah ! Dieux ! quel mortel ose
Braver cet air fripon ?
Voyez ce teint de rose,
Ce bras, ce pied mignon.
En dansant elle ignore
  Le don qu'elle a ;
Mais je lui sais encore
  Mieux que cela.

Cette taille élégante,
Est celle de Thisbé ;
C'est la voix de Canente,
Le sourire d'Hébé.

En chantant elle ignore
  Le don qu'elle a ;
Mais je lui sans encore
  Mieux que cela.

Son regard adorable
Peint tous ses sentiments ;
Son esprit agréable
Lance des traits charmants.
En parlant elle ignore
  Le don qu'elle a ;
Mais je lui sais encore
  Mieux que cela.

Son cœur tendre et sensible
Est son premier attrait ;
Par un charme invincible
Il intéresse, il plaît :
C'est l'ensemble fidèle
  Des dons qu'elle a ;
Je ne sais rien en elle
  Mieux que cela.

A Sophie.

Air : *Tandis que tout sommeille.*

Vite, mon cher Mercure,
Criait le tendre Amour,
Sur la terre, en ce jour,
Descend, je t'en conjure,
    Là tu verras,
    Tu fêteras
Un objet plein de charmes.
Ses traits respirent la douceur,
Sur son front brille la candeur,

Et ses yeux pour soumettre un cœur
Sont mes plus sûres armes.

Apollon à Mercure,
Criait également
Vers la terre à l'instant,
Vole, je t'en conjure.
Là, tu verras,
Tu fêteras
Une muse nouvelle.
Daphné m'offrit bien moins d'appas,
Tous les talents suivent ses pas,
Les beaux arts, s'ils n'exsitaient pas,
Seraient créés par elle.

Je pars pour mon message,
Dit alors le courrier;
Mais faut-il oublier
Le fin mot du voyage?
De ces beautés
Que vous fêtez,
Le nom, je vous en prie?
Rien de plus juste assurément,
Reprennent les dieux en riant!
Et, par un accord surprenant,
Tous deux nomment *Sophie* (1).

A Suzanne.

Air : *Tout roule aujourd'hui dans le monde.*

Les Dieux buvant à table ronde,
Amis, dit l'un d'eux, voulez-vous,
Reprendre faveur dans le monde,
Et qu'on y parle un peu de nous?

---

[1] Tous les noms se terminant en *ie* et n'ayant que deux syllabes peuvent être substitués au nom de *Sophie*, comme *Julie*, *Sylvie*, *Zélie*, *Délie*, *Flavie*, *etc.*

Aux plus aimables des mortelles
Fesons tous quelque joli don,
L'on n'y réussit que par elles,
Et leur voix y donne le ton.

Moi, dit l'Amour, à la plus belle
Je fais présent d'un de mes traits,
Et d'une fraicheur naturelle
Qui rende immortels ses attraits.
L'amitié dit qu'à la plus tendre
Elle donnait ses nœuds de fleurs,
Et qu'elle aurait, sans y prétendre,
Le choix et l'empire des cœurs.

Vénus, à la plus amusante
Fit présent des plus doux appas,
Et d'une grâce complaisante
Pour accompagner tous ses pas.
Minerve offrit pour la plus sage
Une égide où les traits du sort
S'émousseraient tous au passage,
Et se briseraient sans efforts.

A celle dont l'esprit solide
Brille de l'éclat le plus pur,
A celle dont le goût décide,
Par le sentiment le plus sûr;
Je veux, dit le Dieu de la lyre,
Adresser mes vœux et mes chants,
C'est le cœur qui me les inspire,
Les plus vrais sont les plus touchants.

Qui fut chargé de ce message?
Ce fut l'aimable Vérité.
De ces dons le juste partage
Fut remis à son équité
A les placer elle s'empresse;

Mais bientôt ayant deviné
Qu'ils avaient tous la même adresse,
A Suzanne (1) elle a tout donné.

A Victoire.

AIR : *J'étais bon chasseur autrefois.*

Des conquérants les plus fameux
Je blâmais jadis la folie,
Triompher aujourd'hui comme eux,
Ferait le bonheur de ma vie :
Je partage leur noble ardeur,
Comme eux je cours après la gloire,
Et je sens déjà que mon cœur
Palpite au nom seul de Victoire.

Puissé-je un jour, soldat heureux,
Du vainqueur ceindre la couronne !
Un trophée est si précieux
Lorsque c'est l'amour qui le donne...
Il offre à mes regards surpris
Le vrai plaisir joint à la gloire ;
Et mon cœur vivement épris
Ne désire plus que Victoire.

---

[1] Ces vers peuvent être adressés à beaucoup de demoiselles, puisqu'il ne s'agit que de substituer au nom *Suzanne* dans le dernier vers, le nom de la personne à laquelle on veut les offrir, pourvu que ce nom soit composé de trois syllabes et termine par *ce*, *de*, *le*, *ge*, *me*, *ne*, *pe*, *que*, *se* *te*, ou *the* ; il convient aussi que ce nom ne commence pas par une voyelle ou une *h* muette. Ils pourraient également servir pour un nom de deux syllabes commençant et finissant par une consonne.

Trop fiers héros, un vain laurier
Est le prix de votre conquête :
Pour moi, plus fortuné guerrier ;
C'est le myrte qui ceint ma tête....
Je puis, malgré tous mes rivaux,
Espérer le prix de la gloire ;
L'Amour combat sous mes drapeaux,
Et notre devise est Victoire.

L'auteur près de vous doit trembler
De paraître un peu téméraire :
Car il faudrait vous ressembler
Pour être sûr de toujours plaire.
S'il avait dans l'art de charmer
Acquis moitié de votre gloire,
On pourrait ne pas le blâmer
D'avoir osé chanter Victoire.

A une Antoinette.

AIR : *Des chasseurs et la laitière.*

Puisqu'il est vrai que votre fête
Doit se célébrer en ce jour,
Je me montrerai l'interprête
De nos cœurs et de notre amour.
Ayez pour eux de l'indulgence,
Prêtez l'oreille à ces couplets ;
Vous reconnaîtrez les effets
De notre heureuse intelligence.

Afin que ce jour mémorable
Nous rappelle un doux souvenir ;
A nos côtés, à cette table,
Faisons présider les plaisirs.
Du sentiment, en sa présence,
Nous ferons entendre la voix ;

Antoinette pourra, je crois,
Sourire à notre intelligence.

Pour nous conformer à l'usage
De même que moi, chacun sait
Qu'il faudrait vous faire l'hommage
A votre fête d'un bouquet.
Aujourd'hui notre prévoyance
N'aura pas d'heureux résultats :
Flore, en cette saison, n'est pas
Avec nos cœurs d'intelligence.

Vous pouvez le croire, Antoinette,
Si le ciel exauce mes vœux,
Dans une paix douce et parfaite
Vous coulerez des jours heureux.
Je vous en donne l'assurance ;
Désormais, comme en ce moment,
Vous nous trouverez constamment
Pour vous aimer d'intelligence.

Bouquet à celle qui s'y reconnaîtra.

AIR *du vaudeville de la Paix.*

Vivent tous les dons aimables
Dont Eglé (1) brille à nos yeux ;
Et tous les liens durables
Dont elle enchaîne nos vœux !
Ah ! si chacun lui portait
Une fleur pour chaque attrait,
Quel bouquet (*ter*).
On lui ferait ! (*ter*).

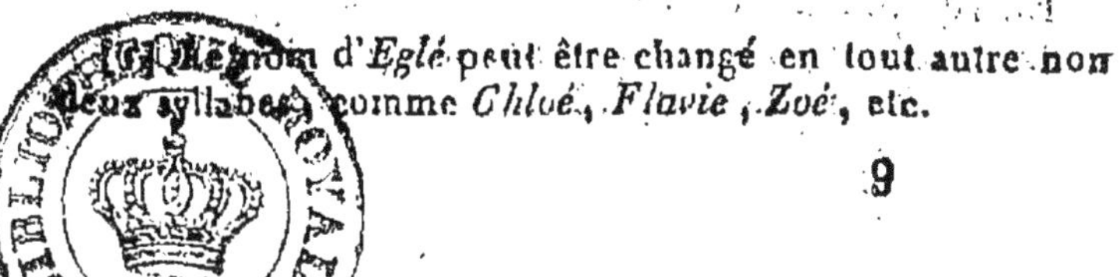

(1) Le nom d'*Eglé* peut être changé en tout autre nom de deux syllabes, comme *Chloé*, *Flavie*, *Zoé*, etc.

Elle est douce, elle est paisible,
Malgré sa vivacité ;
Chez elle une ame sensible
Sait s'unir à la gaîté.
A la fois, si l'on chantait,
En elle tout ce qui plaît
Quel couplet
On lui ferait !

Ses grâces ne sont, pour plaire,
De ses dons que la moitié ;
A la danse elle est légère ;
Mais solide en amitié.
Si, pour la peindre, il fallait
Ici n'omettre aucun trait,
Quel portrait
On lui ferait !

Puissent les destins prospères,
Pour elle toujours constants,
De leurs faveurs les plus chères
Embellir tous ses instants !
Si, pour elle, on souhaitait
Autant de bien qu'elle en fait,
Quel souhait
On lui ferait !

A une Dame, le jour de sa fête.

AIR : *Le premier pas.*

Dans un couplet,
De celle que l'on fête,
Je vais tenter de faire le portrait.
En vérité, ma muse est indiscrète
De vouloir peindre une femme parfaite
Dans un couplet.

Pour la bonté,
Oh! vraiment, c'est un ange;
Jamais son cœur ne connut la fierté,
Mais taisons-nous... Il paraît étrange
Que la beauté mérite une louange
Pour la bonté.

Dans sa beauté,
Que l'on prend pour modèle,
Dans son maintien, jamais rien d'apprêté.
Au meilleur ton et constante et fidèle,
Tout nous décèle une grâce nouvelle
Dans sa beauté.

A ses enfants,
En prévoyante mère,
Nous la voyons consacrer ses moments.
Ceci pour nous ne peut être un mystère;
C'est pour donner tous les moyens de plaire,
A ses enfants.

Dans ce portrait
Vous remarquez peut-être
Que mon crayon omet le plus beau trait;
Hortense (1) va vous le faire connaître;
Elle prétend ne pas se reconnaître
Dans ce portrait.

Un amant à sa future, la veille de leur mariage.

Air : *Dans le bosquet l'autre matin.*

Demain, Thémire, est l'heureux jour
Qui doit remplir mon espérance;

---

[1] Le nom d'*Hortense* qu'on remarque au dernier couplet peut être remplacé par un autre nom de trois syllabes de quelque manière qu'il commence ou qu'il finisse.

Oui, c'est demain, grace à l'amour,
Demain, que mon bonheur commence !
Fut-il jamais un sort plus doux ?
Demain je serai ton époux.

L'amour comblant tous mes souhaits,
Le plaisir succède aux alarmes ;
Je suis bien sûr que désormais
Lui seul fera couler mes larmes.
Fut-il jamais, etc.

Tous mes instants auprès de toi
Seront marqués par l'allégresse :
Te voir, Thémire, est tout pour moi,
Et je pourrai te voir sans cesse.
Fut-il jamais, etc.

A une Marie.

Air : *De la Croisée.*

De la Nature enfant gâté,
Le bonheur suit toujours mes traces ;
Je possède esprit et bonté,
Je possède toutes les grâces :
Vertus, talents, finesse et goût,
Le don de plaire et modestie ;
En un mot je possède tout,
En possédant Marie.

Pour moi l'Amour fit un bouquet
De fleurs tendrement nuancées,
Rose vermeille, noir œillet,
Blanc jasmin et douces pensées ;
De nectar le Dieu l'arrosa,
Et le parfuma d'ambroisie :

Je baise encor ce bouquet-là,
En embrassant Marie.

L'Amour fut le Dieu des Païens,
Aujourd'hui son culte est profane ;
A l'abjurer, de nos Chrétiens
La loi sévère nous condamne :
Rassurez-vous, Grâces, Amours,
Nous gardons notre idolâtrie,
Et nous vous adorons toujours,
En adorant Marie.

A une Jeanne.

Air : *Si Dorilas, etc.*

Dans un désert sauvage et triste,
Où tout Israël accourut,
Votre Patron, saint Jean-Baptiste,
Jadis annonçait le salut.
Votre partage est plus profane,
Mais il comble notre désir,
Puisque pour nous l'aspect de Jeanne
Est le précurseur du plaisir.

De sauterelles, de racines,
Saint Jean dans le désert vivait ;
A la plus maigre des cuisines
Personne, à coup sûr, ne venait.
Par un changement que j'approuve,
Et que chacun voit de bon œil,
Chez Jeanne en tous les temps on trouve
Et bonne table, et bon accueil.

Saint Jean plaça son domicile
Au fond des vallons du Jourdain.
Un autre vallon (1) est l'asile

(1) La vallée de Montmorency.

Où Jeanne reçoit son prochain.
Mais, certe, la terre promise
Que j'estime fort, Dieu merci,
Jamais, surtout pour la cerise,
Ne peut valoir Montmorency.

Jean, dans son modeste hermitage
Pour commensal prit un mouton;
J'ignore si Jeanne partage
Tous les penchans de son Patron;
Mais si jamais de la houlette
Sa main s'imposait le fardeau,
Qui de la bergère Jeannette
Ne voudrait grossir le troupeau?

Envoi, le 26 juin.

Si l'on en croit un vieil adage,
Après la fête, adieu le Saint;
Par là mon paresseux hommage
D'anathème se trouve atteint.
Mais consultez votre indulgence,
Qui vous dira que de ma part,
Si l'esprit ne fait diligence,
Le cœur n'est jamais en retard.

A une Dame.

Dans ce moment, les politesses,
Les souhaits vingt fois répétés,
Et les ennuyeuses caresses,
Pleuvent, sans doute, à tes côtés.
Après ces compliments sans nombre
L'Amour fidèle aura son tour;
Car, dès qu'il verra la nuit sombre

Remplacer la clarté du jour ;
Il s'en ira sans autre escorte
Que le Plaisir tendre et discret ;
Frappant doucement à ta porte,
T'offrir ses vœux et son bouquet.
Quand l'âge aura blanchi ma tête,
Réduit tristement à glaner,
J'irai te souhaiter ta fête,
Ne pouvant plus te la donner.

A une Adelaïde.

AIR : *On fait toujours la même chose.*

Comment célébrer les attraits
Et les vertus d'Adelaïde ?
Je crois retrouver dans ses traits
Les traits charmants du dieu de Gnide :
Son teint présente en même temps
L'éclat du lis et de la rose :
C'était son image à seize ans,
C'est aujourd'hui la même chose.

Faut-il parler de son esprit,
Qui d'à-propos toujours pétille ?
On l'applaudit, on lui sourit,
Et sans y penser elle brille.
Elle anime par sar sa gaîté
Le convive le plus morose......
Beauté, douceur, grâce et bonté,
C'est tous les jours la même chose.

Dans un cercle ou dans un festin,
Captivant toujours la louange
Pour l'esprit c'est un vrai lutin,
Et pour sa bonté c'est un ange.

De l'indigent comblant les vœux ;
Lorsqu'à ses regards il s'expose,
Elle aime à faire des heureux,
Et fait toujours la même chose.

Depuis quatre ans, à pareil jour,
J'ai pris le sentiment pour guide ;
J'ai célébré dans ce séjour
Notre amour pour Adelaïde.
Si ce vieillard, nommé le Temps
A mes tendres vœux ne s'oppose,
Ah ! puissé-je encor dans cent ans
Venir fêter la même chose.

A une Dame, le lendemain de son mariage.

Avouez que le mariage
Est plaisamment imaginé.
Auriez-vous jamais deviné
Tous les mystères du ménage ?
La veille tout est défendu,
On est avec son prétendu
D'un maintien plus froid qu'une image.
Le jour arrive, on vous bénit ;
L'Amour s'en mêle, et vous unit :
Autre maintien, nouveau langage.
Sans rougir on entend les vœux
De l'amant dont on est charmé ;
La pudeur, loin d'être alarmée,
Sourit aux plaisirs amoureux.
La nouvelle Eve est animée,
Le nouvel Adam est heureux.
Tout change ; et, sous de doux auspices,
Du fameux jardin des délices
La porte s'ouvre encor pour eux.
Là, cette aimable sympathie

De goûts, d'humeurs et de désirs ;
Là, cette tendre modestie,
Voile et parure des plaisirs ;
Là, cette confiance intime,
Fille et compagne de l'estime,
Viennent charmer d'heureux loisirs.
Deux cœurs, d'une paix fortunée
Resserrent les nœuds tour-à-tour ;
Et la Volupté dans sa cour
Reçoit la Vertu couronnée
De fleurs que fait naître l'Amour,
Et que moissonne l'Hyménée.

A une Amie, en lui donnant un bouquet.

Air : *Le point du jour.*

Au point du jour
Je suis souvent au lit où je sommeille ;
Mais si je dois à son retour
Fêter des amis ou l'Amour,
Le Plaisir alors me réveille
Au point du jour.

Air : *Rli, rlan.*

Aujourd'hui, la chose est certaine,
J'étais debout de grand matin,
Et, chantant jusqu'à perdre haleine,
J'ai mis le voisinage en train.
Toujours pour une bien-aimée
Le cœur parle, et le sentiment
Rli, rlan,
Nous fait aller mèche allumée,
Rlan tan plan, tambour battant.

AIR : *D'un bouquet de romarin.*

Vite chez mon jardinier
J'ai couru moi-même ;
Et j'ai de chaque rosier
Pris les fleurs moi-même,
J'ai fait pour toi ce bouquet,
Et, poursuivant mon projet,
Je voudrais dans ton corset
Le mettre moi-même.

AIR : *C'est le meilleur homme du monde.*

En recevant avec mes vœux,
Ce don permis à ma tendresse,
Eprouves-tu ce trouble heureux
Qu'on n'a pas sans un peu d'ivresse ?
Nul bonheur ne peut approcher,
Sur toute la machine ronde,
De celui qu'on trouve à toucher
La meilleure femme du monde.

A une Antoinette, pour le jour de sa fête.

On ne peut chanter ton Patron,
Que soudain l'on ne pense au Diable,
Celui qui t'a donné son nom,
Au corps sans doute avait le Diable :
Antoine au désert fut tenté,
Sous mille formes, par le Diable,
Toi, sous la tienne, en vérité,
Tu tenterais le Diable.

A tous les coups que lui porta
Le génie inventif du Diable,
On dit qu'Antoine résista
Avec un courage de Diable ;

Mais s'il eût rencontré tes yeux ,
Cent fois plus malins que le Diable,
Aujourd'hui citoyen des cieux ,
  Le Saint serait au Diable.

Satan, qui, dit-on , n'a jamais
Dans sa bourse logé le Diable ,
Pour s'embellir se mit en frais ;
Mais Antoine criait : au Diable !
Toi, tu nous aurais enchantés ,
Fusses-tu parée à la Diable ;
C'est que tu joins d'autres beautés
  A la beauté du Diable.

J'en dirais plus ; mais ton époux
Fait une grimace de Diable ;
Et je lis dans ses yeux jaloux :
« Sa chanson ne vaut pas le Diable !
Jusqu'au bout il faut l'écouter ,
Ma femme , il est assez bon Diable ;
Mais ne te laisse pas tenter ,
  Car ce serait le Diable. »

Fort bien ; s'il disait autrement ,
L'époux aurait un front de Diable ;
Mais l'Amour est un dieu charmant ,
De plus , entêté comme un Diable :
Je lui résiste , mais , ma foi ,
Pour terminer ma rime en Diable ,
Il faut , ne pouvant être à toi ,
  Que je me donne au Diable.

A une Honorine.

Air : *Il est un Dieu pour les auteurs.*

Au nom du dieu le plus charmant,
Reçois cette fleur , Honorine ,
Tendre cadeau qu'en ce moment

Me fait pour toi sa main divine.
L'Amour, pour en parer ton sein,
A Vénus, dit-il, l'a ravie;
Te l'offrir, bergère jolie,
C'est restituer le larcin.

A une Madeleine.

Offrir la rose à la beauté,
C'est la placer dans son domaine;
Mais sous les lois de Madeleine
Fixer cet enfant indompté,
Qui dispense à son gré le plaisir ou la peine,
C'est mettre à la plus douce gêne
Un petit despote effronté
Et rendre un sujet révolté
A son aimable souveraine.

FIN.

Lille. — Typ. de Blocquel-Castiaux.

www.ingramcontent.com/pod-product-compliance
Ingram Content Group UK Ltd.
Pitfield, Milton Keynes, MK11 3LW, UK
UKHW020924180726
13838UKWH00002B/751